长庆崛起笔记

高 凯 / 著

北方联合出版传媒(集团)股份有限公司
春风文艺出版社
·沈阳·

图书在版编目（CIP）数据

战石油：长庆崛起笔记/高凯著．—沈阳：春风文艺出版社，2020.8（2023.8重印）
ISBN 978-7-5313-5824-4

Ⅰ.①战… Ⅱ.①高… Ⅲ.①报告文学—中国—当代 Ⅳ.①I25

中国版本图书馆CIP数据核字（2020）第141964号

北方联合出版传媒（集团）股份有限公司
春风文艺出版社出版发行
沈阳市和平区十一纬路25号　邮编：110003
永清县晔盛亚胶印有限公司印刷

责任编辑：姚宏越	责任校对：陈　杰
封面设计：郝　强	幅面尺寸：142mm × 210mm
字　　数：150千字	印　　张：6
版　　次：2020年8月第1版	印　　次：2023年8月第3次
书　　号：ISBN 978-7-5313-5824-4	
定　　价：46.00元	

版权专有　侵权必究　举报电话：024-23284391
如有质量问题，请拨打电话：024-23284384

"我为祖国献石油，献了青春献子孙。"

——第一代长庆油田职工如此说

代自序：黑胶胶糖、煤油灯和打火机

高　凯

　　石油，越来越重要，关乎国家安全和民族兴亡。国之重业，命脉之所系，没有人能置身事外。所以，文学今天和石油站在一起。

　　我最初认识的石油是一块乌黑乌黑的糖。童年的一天，我和小伙伴们在马路边捡到一块黑乎乎的胶状物，有人说是"黑胶胶糖"，于是我赶紧放进了嘴里，虽然不甜也不苦，但很有嚼头，还是当作口香糖吃了。不过，再一次吃这种"黑糖"时，却被父亲一把打掉了。父亲说，娃，这是沥青，有毒。后来，我才知道沥青就是凝固的石油。

　　知道了石油，我就知道了长庆油田。第一次走进长庆，我意外发了一笔"横财"。改革开放之前，大约是在我12岁的时候，为了给生产队赚取外快，父亲带着村里的几个年轻人在庆阳县城凭一身苦力给油田制造大油罐。一个假期,我独自去探望父亲,半天之内在垃圾堆里捡了两裤兜金子一样闪闪发光的废铜,徒步走回合水县城,在一个废品收购站卖了10多元钱。在那个贫寒的年代,对于一个未成年人,这可是一笔不菲的收入。那一天,我过得很富有,先是美美地吃了一顿,然后买了几本小人书,又买了一张电影票看了一场电影。钱当然没有花完,剩下的被我偷偷存了起来。从此以后,我就知道了长庆油田是一个富得流油的地方。

懵懂的时候,我只知道煤油就是煤油,而不知道煤油从何而来。原来,煤油灯释放的光亮就是石油之光,而我的故乡的麦田之下就是石油。

我是在煤油灯下长大的。用煤油灯的岁月,暗淡而又光明。提着油瓶子上街买煤油,给灯盏里添油,擦拭煤油灯瓶子,用缝衣针挑灯捻,以及一家几个上学的人为了写作业而抢一盏煤油灯经常哭哭闹闹,这些关于灯的童年往事令我至今记忆犹新,而一家人由一盏灯到两盏灯再到三盏灯,直到用上电灯,都是享用着石油光阴里的欢乐。煤油灯虽然已经消失了,但它微弱的光亮和强大的记忆无疑还闪烁在今天的万家灯火之中。

其实,石油人既是我们的加油人,又是我们的点灯人。石油来之不易。50年来,长庆人凭借一种"磨刀石精神"在石头缝里为祖国"榨油",可谓千难万险艰苦卓绝。不是虚说,在叙述许多采油人的故事时,我都是流了眼泪的,比如刘玲玲的"铁肚兜"。南水北调工程建设时,已经流产两次又怀孕在身的电焊工刘玲玲,为了不延误工期,又为了护住肚子里的孩子,用铁皮做了一个肚兜绑在隆起的肚子上,毅然抓起焊枪,割铁缝钢,焊花飞溅,直到圆满完成任务。庆幸的是,她终于保住了孩子。听别人讲这件事,自己写这件事,我都是泪眼婆娑。理解了刘玲玲的这种战斗精神,就不难理解我为什么把这本书叫作"战石油"。在精神世界里,长庆人有着很高的站位。那天,我们在定边县姬塬乡张涝湾村长庆93-91井组海拔1850米"长庆油田海拔最高点"采访时,面对空寂无人的山谷,面对张五锋、张怀允和夏宝明三个坚守在空寂里的一线工人,我感慨地说,长庆油田的海拔不仅仅是1850米,长庆油田的高度还应该加上你们几个人身高的总和,甚至是加上所有长庆人精神高度的总和。我想说的是,为了战石油,一些长庆人献出了生命,许多长庆人则牺牲了青春,而青春与生命都一样宝贵。

深藏不露的黑石油是有灵魂的尤物。石油是乌黑的,石油的生命却是明亮的,一身中国红的长庆人就像是石油燃烧之后鲜明而炽热的火焰。所以,这里我要向所有的长庆人致敬,而这正是《战石油》的文学初心。

我是一个老烟鬼了。烟不离手让我火不离身,从使用火柴到使用打火机,我天天都是一身烟火气。造火柴需要石油传输动力,而打火机更是离不开石油和液化气。吸食烟草,对于我来说就是意识形态,而打火机是香烟的一部分,它在不停地给我引爆着灵感的导火线。这半辈子,吸了多少包香烟我不知道,用了多少个打火机我也不知道,但写了多少东西我是知道的。起码,今天与读者见面的12万字的《战石油》就是用一支支香烟熏出来的。写作过程中,我点燃了香烟,也点燃了石油;我品吸的是烟草,回味的是人生。我不是在为烟草做广告，而是在给《战石油》广而告之：一个手握气体打火机的男人是有执念的，我的《战石油》书写，贴近自我写作习惯，同时深入我的灵魂，一部不敢虚构的非虚构作品没有昧着良心去虚构。今天，谁如果能从作品中看见从我的手指间袅袅升起了一缕生命炊烟，闻到一股液化气和烟草的混合清香，请给我这个为中国石油行业的领跑者在键盘上跋涉过的老烟民一阵掌声！

所有这些内在和外部的信息，我都写进了《战石油》中，希望大家成为它的读者，最后和我一同完成一部具有人间烟火气息的作品。书有点薄了，但情感厚重，开卷有益。

最后，我只说"感谢"二字。感谢石油，感谢石油人，感谢中国石油，感谢长庆油田，以及我的壮美的石油故乡庆阳，让我今世的衣食住行无忧无虑，现实主义文学探索有了一个新的收获；感谢中国作家协会，把我的油田情结纳入一个重要的国家级文学扶持项目，让我有幸给世界讲述一个石油人的"中国故事"，而在本月25日至27日，中国作协定点深入生活项目办公室和创作联络部又将在长庆油田的诞生地庆阳举办《战石油》研讨会；感谢曾经多次深入长庆油田撒播文学种子的大师贾平凹先生，慨然为《战石油》题写书名，今天又光临首发式，既满足了我的虚荣心，又增强了我的文学自信；感谢庆阳市委宣传部和长庆油田公司宣传部，在我深入地方和油田采访时给予的热情接待和配合；感谢享誉中国文学界和出版界的春风文艺出版社，精心为《战石油》缝制嫁衣，让我和大家此时此刻如沐春风；感谢我供职的甘肃省文联，领导如果不放松手中的缰绳，我就没有时间和机会去探访英雄的石油部落并为之树碑立传；非常感谢今天前来出席首发式的各界各位朋友，一起为石油、长庆和文学加油。

当然，我还要感谢亲爱的黑胶胶糖、煤油灯和打火机。

（此文为作者在2020年8月17日西安《战石油》首发式上的发言）

目 录
contents

序　曲　来自尾声的重磅回响 —————— 001
第一章　寻找长庆人 ————————— 006
第二章　石油的秘密与鄂尔多斯聚宝盆 —— 037
第三章　有一个人叫陕甘宁 ——————— 049
第四章　十八个地火部落及其战神 ———— 071
第五章　战火里的炊烟 ————————— 100
第六章　绿油油的麦田，黑油油的油 ——— 128
第七章　油田保卫战 —————————— 142
第八章　另一种石油 —————————— 154
不是尾声的尾声 ———————————— 174

序曲　来自尾声的重磅回响

我对长庆的书写速度，已经赶不上突飞猛进的长庆油田的发展速度了。因为这个原因，我的《战石油——长庆崛起笔记》的故事要借再版重印的机会重新开头。

2019年12月20日，这部《战石油》定稿之前，长庆油田的油气总产量还一直持续稳产在5000万吨，而在《战石油》经过了整个编辑、印刷、发行和推广过程之后，热心的读者可能还没有回过神来，2020年12月27日，长庆油田的油气总产量又突破了6000万吨。长庆的这一重磅回响，不仅在中国石油史上具有划时代的里程碑意义，在因新冠疫情而一度低迷的世界石油产业界也是不同凡响。毋庸置疑，6000万吨的油气产量，是英雄的中国人战石油和战疫情的"双响"战果。

疫情汹涌，众志成城。因为封城封国，市场萎缩，油价跌落，世界性的新冠疫情对世界经济的影响非常巨大，而各国石油产业又首当其冲。作为国之重器，长庆人意识到，自己肩负的责任不仅关系到企业的生存，而且关乎国家经济命脉的安危；当下考虑的已经不只是在困境中生存的问题，而是如何继续发展，只有发展才能生存，否则就会坐以待毙。2020年3月11日，也就是中国新冠疫情彻底缓解而武汉所有方舱医院正式休舱的第二天，天气和疫情乍暖还寒，长庆油田果敢地吹响了"冲刺6000万吨"总产量目标的冲锋号。选择这一个日子，意味着长庆人挑战的不仅仅是地下的石油，还有可能潜伏在身边的新冠疫情。对于身经百战的长庆人，同时进行战石油和战疫情两场决战，肯定是心中有数的。

长庆人都记得，因为武汉方舱医院休舱而刚刚松了一口气，3月11日这天，从长庆油田公司总部西安到整个鄂尔多斯盆地，另外一种气氛又紧张地弥漫了起来。这是石油大战之前长庆人中一直具有的氛围：紧锣密鼓。

石油之战再次打响，长庆油田上下主动出击，铁流涌动，势不可当。他们在有油气的地方找产量，也在没有油气的地方找希望。

因为新冠疫情，长庆对于自己的50华诞庆典也表现出前所未有的低姿态，只是在10月20日这一天在采油二厂举行了一个只有三四百人参加的庆祝活动。采油二厂是长庆油田50年前进驻陇东地区之后的落脚点，而采油二厂机关今天的所在地庆城县就是驻扎了40多年的长庆油田指挥部机关所在地。采油二厂乃长庆油田根基之所在，庆典活动虽然低调，意义却很不一般。那一天，简单而光荣的庆典仪式犹如一枚金质奖章，同时戴在了每一个采油二厂职工的胸前。

6000万吨的油气硕果，当然有占有长庆油田1/7油产量的采油二厂的一份功劳。2021年清明节期间，我因采写这篇序曲到达长庆油田腹地庆阳时，采油二厂朱厂长还在采油前线"督战"，检查基层安全生产，因路途遥远无法接受我的采访。这样，我又见到了2019年曾经陪同我采访的采油三厂宣传科科长，现在已经升任采油二厂党委副书记的范玺权。作为新一年在长庆油田腹地遇见的第一个《战石油》的长庆读者，范玺权让我备感亲切，其精神面貌依然如昨——热情健谈，句句不离石油，恨不得把他所知道的采油二厂都告诉我。谈到采油二厂的光辉历程，范玺权更是喜形于色，颇为自豪。因为叙谈未能尽兴，在随后发给我的微信中，这位长庆的老宣传科长如此"絮叨"采油二厂——

"历史进程中，总有一些重要节点标志着前进的足迹和发展的刻度，让奋斗有了新的涵义。

"1970年9月26日，以'庆1井'喜获36立方米工业油流为标志，拉开了以马岭油田为主战场的长庆油田大会战序幕。50年来，先后建成西峰、庆城、南梁、华池等12个油田，创造了连续28年占据长庆油田原油产量'半壁江山'的优秀业绩。2019年原油产量跨越300万吨，2020年原油产量突破350万吨大关，累计为国家生产原油7173万吨，为陇东千万吨级能源化工基地建设和长庆油田油气当量突破6000万吨书写了浓墨重彩的一笔。50年，在历史的长河中弹指一挥，但对'采二人'来说却是一部用心血汗水甚至是生命凝结成的创业史、奋斗史、成长史。跑步上陇东的壮举、西峰油田'三上三下'的坎坷、页岩油规模效益开发的挑战，磨砺了'采二人'因油而生、闻油而喜、为油而战、向油而兴的执着与坚忍，书写了主攻马岭、再战西峰、拓宽华池的壮丽华章，在陇原大地谱写了不断从胜利走向胜利的石油战歌。"

采油二厂是长庆油田的一个缩影。正是因为有采油二厂这样的一些战斗堡垒，长庆50年历练的"磨刀石精神"得以继续发扬光大。如《战石油》尾声中所述，截至2020年12月20日，长庆油田打破"多井少产"的瓶颈，全年已经获得58口日产无阻流量百万立方米以上的天然气高产井，而这是长庆油田天然气开采30年来最好的成绩；截至12月21日，长庆油田全年累计生产天然气突破400亿立方米大关，继2013年突破300亿立方米之后，又实现了一次历史性的跨越；6天之后，也就是12月27日，当6000.08万吨的重磅"炸弹"由新华社和中石油在北京引响之后，长庆似乎再次拔地而起，令世界为之瞩目。

世界正在迎接进入历史新纪元的长庆。2020年年底，长庆人期待已久的横贯陕甘宁的银西高铁如期开通，沿线长庆人的工作和生活骤然发生了翻天覆地的变化，而这预示着长庆的发展将再一次提速。

6000万吨的新高度，再一次提升了长庆人的精神海拔。在《战石油》的尾声里，那位计划2020年攀登珠峰的无名长庆人，尽管因为身体原因最后放弃了当初的计划，但他必然因为长庆这一石油的新高度而深感慰藉和自豪，他自己没有抵达世界独立最高峰，但长庆将他带到了中国的一个石油之巅。无名的长庆人如此，有名有姓的长庆人更是如此。

再版重印的《战石油》必须记录中国石油6000万吨这一历史性进程。没有坚实的5000万吨基础，就没有6000万吨高度，它们彼此是因果关系，而10个月之内新增加的1000万吨无疑是一次短暂而漂亮的飞跃。

当一个故事的尾声有了回声的时候，这个故事就必须从头开始讲起。不过，除了这个序曲而外，读者今天看到的《战石油》还是那个《战石油》。

第一章　寻找长庆人

石油是野的，但青春不是野的，一个英雄部落的石油人用自己的青春战胜了石油。在人生的原野上，我已青春不再，但因为窥见了长庆石油人的一部青春档案，我的青春又焕发了生机。

50年了，长庆人终于争来一个中国第一。

在新中国石油行业马拉松式的竞争中，崛起于鄂尔多斯大盆地的长庆油田，如今已经接力跑在了最前面，连续7年稳产在5000万吨以上，成为目前油气并举的中国第一大油气田。

石油就是石头里的地火。如果石油大亨约翰坚持要说石油是"魔鬼的眼泪"，那么世界油市上跌宕起伏的石油价格肯定就是魔鬼的心情。但是，在从来没有什么上帝的东方，也不会有什么魔鬼。在中国，如果真的要把石油比作眼泪的话，那也是石油人的，是我们的；而且，如果我们今天读了这部报告，我们都流出了眼泪的话，那流的也不是眼泪而是石油。

其实，石油也不是眼泪，在长庆石油人眼里，石油是石油人的血液。在长庆油田，有这样一句名言："如果要从他们的血管里抽出两滴血的话，那么一滴是血液，另一滴就是石油。"的确，石油人的血管里既流着热血也流着石油。如此，长庆人把油市上的石油价格比作石油人跳动的脉搏，也就不难理解了。

世界第一能源石油正在告诉我们，这是一个非常真实的石油时代，生活因为石油而丰富多彩，世界又因为石油而危机四伏。在国家石油能源的战略格局中，长庆油田连续7年5000万吨的油气产量，不但成为国家油气安全的一个重大砝码，而且使中国在世界能源地缘政治舞台上具备了重要的发言权。朴素地说，中国石油人采集于大地深处的地火——石油、天然气，已经成为国家最重要的能源之一，不仅保障着人民群众日益丰富的生活需要，而且关乎国家的安全。

说起来也巧得很，在现代汉语里，"石油"与"食油"两个词语的读音竟然一模一样，虽音同字不同，但核心字眼都是油，乍一听上去像是同一个事物，如果不看字，许多人都会混淆的。

这是一部关于中国最大油气田长庆油田崛起的深度报告。不过，这部石油长庆史，不只是写给长庆人乃至中国石油人的，更是写给每一个与石油、天然气有关的人，比如，那些天天或经常要开车去加油加气的人，那些每天几次点燃煤气炉做饭的人，以及那些虽然不开车不做饭但每天需要吃饭的人……不仅仅如此，每一个人的衣食住行与衣食住行里的每一个人，都不会与这部报告没有关系。

与玉门石油人和大庆人一样，长庆石油人也有许多豪言壮语。"为祖国加油，为民族争气"，修辞精妙优美，一语双关，豪情万丈。这是继玉门和大庆铁人们"我为祖国献石油"之后，中国石油人更为铿锵的一句格言。在长庆铁人看来，为祖国采油就是为祖国加油，为民族采气就是为民族争气。这一句誓言似的格言，是四代长庆人历时50年锤炼的一块思想的金砖。而油一代的"我为祖国献石油，献了青春献子孙"，虽然只是一声自豪而悲壮的感慨，却是长庆人奉献初心和青春的真实写照；因为一种坚守，献石油献青春献子孙可能是石油人的一种宿命，退出时代舞台的第一代如此，正在时代舞台上的第二代、第三代乃至第四代也会如此，甚至那些正在成长的石油娃，最终也可能走上石油之路。我们不难看到，在新中国70年的建设中，几代石油人挥洒着火热的青春，以饱满的石油之笔，谱写了一部宏阔壮丽的青春史诗。

"活着找油,死了生烃"八个字,是长庆人的座右铭,也是长庆人的墓志铭。其意思是,长庆人来自石油,又将回到石油中去。烃所在的油岩层叫生油岩或母岩,即"富含有机质、大量生成油气或排出油气的岩石"。

这是我的一次初心写作。我企图用一支秃笔为青春的长庆石油人和长庆石油人的青春树碑立传。

每每行驶在祖国的大地上,一路上看着路边那些中国石油的加油站和加气站,中国石油人红红火火的形象总会不由自主地浮现在我眼前,而那些加油站似乎就是中国石油在为我们一路喊着"中国加油"。

当我真的在中石油和长庆油田的几位同志带领下,历时40余天踏遍甘陕宁蒙两省两区,走完两万多公里路程,访谈了300多名石油人,深入一个崛起的石油部落,穿越中国百余年的石油时光之后,心中对石油、油井和石油人的敬意甚至感恩之情便油然而生。

在我心中"油然而生"的油,就是中国石油的油,自然而然,一片情不自禁的石油情。

我最早知道"加油"与"争气"两个词语,应该是上小学以后的事情。那时候,以至于后来的很长时间,在体育课上或者体育比赛中,老师和同学们给操场上竞赛的人喊得最多的话就是"加油,加油";而那时候我尚不是太明白的"争气",则是父母和老师经常挂在嘴边的一句"长大要为自己争气"的唠叨。我心里明白,此加油,乃是在鼓劲;而此争气,乃是长志气也。从小到大,我给别人喊过加油,别人也给我喊过加油。至于争气,我觉得自己已经很努力了,没有辜负老师和父母。不过,除"争气"而外,对于"加油"一词的本意,我很久没有弄明白。我一直想,人们彼此鼓劲的时候,只是在口头上喊"加油",始终没有见谁给谁真的加上一滴油哇。而且,人非机械,一个肉体能加什么油呢,除非自己直接去喝一口油。油气同源。也许,"加油"和"争气"的本意就与石油、天然气有关,值得刨根问底细究一番。

果然,"加油"是有故事的。一本书上说,晚清科举教育时期,有一个叫张瑛的教书先生,经常晚上外出巡游督学,每每看见挑灯夜战的学子,就会进屋去为其油灯加一勺油,以示激励。张先生的这种鼓励苦学的做法,后来被人们称作"加油"。天长日久又延伸出今天"加油"的意思。我读书的时候,没有遇上张瑛那样的老师,但父母为我的油灯加过无数次油。那时候,家家都有一盏或两盏煤油灯,到了晚上就属于学生们了,当一灯油快要耗尽的时候,总是父母不嫌煤油灯脏,及时为我们加上油又挑去灯花,使煤油灯继续发出光亮,继续照耀我们写作业。晚清的张先生之所以用勺子加油,点灯的油大概还是植物油吧,而父母给我们加的煤油则是石油的产物。煤油瓶是空酒瓶,煤油灯则是空墨水瓶或者空药瓶做的。当时,不知是煤油很紧缺还是家里缺钱的缘故,上街买一瓶煤油总是很困难,一家人经常为一瓶煤油发愁。直到电灯接替了煤油灯,才结束了照明的烛照历史。不过,电灯靠不住,一遇上停电,还得用煤油灯。而此时,煤油不但没有消失,还更加无处不在,躲在电灯背后为人们贡献着能量。其间,有了拖拉机,我还知道了柴油;有了小卧车,我又知道了汽油;我当然还知道了,"农业学大寨"和"工业学大庆"两拨子人因为油谁也离不开谁。但是,我只知道煤油、柴油和汽油是石油炼出来的,却不知道石油究竟是一个什么东西。

知道吗,石油给我的第一个礼物是一块"黑胶胶糖"。

我清楚地记得,在食物极度匮乏的时期,有那么一天,第一次在马路边捡到几块沥青,我们几个小伙伴竟然把它当成了"黑胶胶糖"含在嘴里吃呢,嚼得满嘴都是口水。当大人们说沥青是石油冶炼后的残渣而且有毒之后,我们几个便使劲地呸呸往出吐。真是庆幸得很,几个小馋猫直到现在还活着,当然吃得不是太多。过了好几年,我看见仍然有小孩偷着吃"黑胶胶糖"呢。

回想起来,"黑胶胶糖"不甜也不苦,嚼起来口感有点像今天的口香糖。后来,石油人说,沥青本身很黑,却不会把牙吃黑,不但吃不黑,还会把牙越吃越白,如果用来清洗牙齿,比白白的牙膏还顶用。

我没有进入长庆油田的记忆，长庆油田却进入了我的记忆。稍大一点后，我不但知道了石油是什么东西，还见到了和煤油瓶一样脏兮兮的采油人。改革开放之前，大概是1973年的样子，我的父亲，一个沉默寡言的农民，一个精致的手工业者，一个"政治历史不清白"的回乡改造者，农闲时腾出另一手，在我们闫家洼生产队牵头办起了当时全县第一个铁器加工厂。父亲带着几个年轻人，利用这个铁器加工厂去长庆油田打工挣钱——给油田卷油罐、焊大梁。父亲的这个铁器加工厂存在了近十年，给生产队挣回来不少外快。当时，他们把挣回来的钱全部交给生产队，然后和社员们一起领工分，使我们生产队成为当时全县最富的生产队。据一个和父亲一起打工的表哥回忆，那时其他生产队的一个工分才五六分钱，而我们生产队情况最好时一个工分要值两元钱。用当时别的队社员的话说，闫家洼队的人富得流油哩！

父亲办铁器加工厂的意义在于，从长庆油田给乡亲们分得了一份红利，在长庆油田最困难的初创时期支援了油田建设。不仅如此，我还在油田发过财呢——几次利用假期到庆阳县城去看父亲，在油田生产区的垃圾堆里捡拾了几裤兜废铜，然后在合水县城一个废品收购站变成了几张大面值的人民币。我的那些小人书就是用这些钱换来的呢。

后来，对于我这个有着近40年烟龄的烟民来说，石油人给我最大的贡献就是无数个煤油打火机、汽油打火机和气体打火机,以及被它们一次次点燃的烟雾缭绕的生命意识。

石油和天然气是能源,但能源又是什么,它们从哪里来,又是怎么来的?有一点可以肯定:石油和天然气绝对不是直接从加油站加气站来的。以上所涉问题,就是这个报告的内容。我的写作初心,就是要让大家知道长庆油田,知道石油人,知道石油。

我是在麦田里长大的,而油田就在麦田之中。如今,长庆忽然超过了大庆,长庆成为中国第一大油气田了,成为一个硬邦邦的中国第一。

长庆超过大庆是历史的必然,也是长庆的时代使命。2009年6月7日,在我的故乡,时任中共中央政治局常委、国家副主席习近平在长庆油田陇东指挥部作出"创和谐典范,建西部大庆"的指示。4年之后,2013年岁末,长庆油田一路奔跑着,在中国油田环境最差的鄂尔多斯盆地,在中国石油最难开发的油气层里,凭借"长庆精神"和"长庆速度"实现了最后的冲刺,以5000万吨的油气年产量超过共和国石油长子大庆油田而成为中国最大的油气田;6年之后,2019年8月,国内最大的页岩油开发示范区又宣布在长庆油田建成,当年累计生产石油突破百万吨,使长庆油田成为中国陆上最大的致密性油田和最大的致密性气田。

夺得这个"中国第一"之后,长庆人表现得十分低调,甚至一度秘而不宣,紧紧捂了很长时间才对外放出了一点儿风声。

已知的历史常识告诉我们，人类的历史就是在此起彼伏的超越中不断地进步的。新中国70年的发展就是一部超越史。在中国油田，今天虽然是长庆超越了大庆，这却是"大庆精神"的一次接力传承，如果说是超越，也是长庆超越了长庆，是大庆超越了大庆。

中国在崛起，在中国的崛起里，也有着长庆的崛起，其道理是，不是中国的崛起在支撑长庆，而是长庆的崛起在支撑中国。当然，在实业界，支撑中国崛起的不只是长庆一家，长庆只是其中一个能源大户。

20世纪70年代初，来自祖国四面八方的中国铁人，玉门油田、江汉油田、青海油田和四川油田，以原兰州军区为主力，组成一支石油铁军，在古城咸阳集结之后"跑步上陇东"，拉开了长庆油田建设的序幕。在50年铿锵的钢铁时光里，长庆油田攻坚啃硬，拼搏进取，经过无数次大会战，实现了四次大转折，演绎了一部波澜壮阔"为祖国加油，为民族争气"的新石油创业史。

长庆油田是中国第一，中国石油天然气集团公司在目前的世界石油格局中则排名第四，前面依次是沙特阿拉伯国家石油局、伊朗国家石油局和美国国家石油局。如斯，崛起于鄂尔多斯大盆地的长庆油田，不仅书写了一部中国石油的长庆史，无疑也成为世界石油史上辉煌的一页。

长庆油田的崛起，是大庆油田的崛起，当然也是玉门油田的崛起。在中国，石油人都知道，石油人都来自中国石油工业的摇篮玉门。用玉门石油人的话说就是"凡有石油处，就有玉门人"。

　　玉门，因汉代运输昆仑山美玉而得名。玉门关成就了汉武大帝的玉器之梦。今天，一个土堆似的关隘，向人们述说着玉门曾经的繁荣。玉门在哪里，玉门关又在哪里？按理说，玉门就在玉门关之内，玉门关就在玉门之外。

　　玉门和玉门关都在边塞诗里。在历史中，玉门关一带是中国古代边塞诗的重要诞生地，有许多脍炙人口的边塞诗流传于世。这些佳作，虽然与石油无关，却记录了玉门的历史烟云。

　　"春风不度玉门关"这句家喻户晓的诗说的就是玉门。

　　在王之涣眼里，春风不度玉门关也就是不去玉门。河西走廊的春风长驱直入之后，遇见肃杀的玉门关突然望而却步不绿了，似乎放弃了玉门的一片黑山白水，为春天留下了一片空旷而又坦荡的飞白。春风虽然不去玉门，诗人们却是一个接一个地跨过了玉门关。

　　时代的变迁没有移动山川形胜。边塞诗中的玉门关，与今天玉门关的地理位置一样，距离今天的玉门市还有400多公里的路程。过去，玉门关是玉门的西大门，而今天的玉门关属于县级市敦煌而非玉门市。这里，我们要说的是与敦煌市一样同属于地级市酒泉的玉门市。

"秦时明月汉时关,万里长征人未还"。玉门关没有挡住边塞诗人的脚步,更挡不住中国石油人的步伐。所以,玉门不仅是边塞诗的诞生地,也是当代石油诗的出产地。

新中国成立后,现代诗歌与石油终于在玉门结缘。玉门的石油河哺育了许多后来的石油诗人。20世纪50年代,蜚声中国诗坛的"浪漫派"诗人李季就是从玉门而来。1952年春,李季从武汉千里迢迢来到玉门油矿,担任党委宣传部部长兼石油工人报社社长,从而成为一个石油诗的拓荒者。后来,李季又担任了中国作家协会副主席、《诗刊》主编。

诗人已逝,但他写于玉门的《杨高传》《石油大哥》《玉门诗抄》等作品流传于世,成为诗化的玉门石油史诗。这是中国石油人一笔不菲的精神财富。如果说中国油田都成就于玉门油田,那么成就于玉门油田的"石油诗人"李季就应该是中国石油文学的鼻祖。当然,不是"石油诗人"李季发现了玉门油田,而是玉门油田发现了"石油诗人"李季。

从李季的石油诗看,当时的玉门油田石油储量十分富集。《玉门诗抄》中就有这样一些关于石油的诗句:

"遍山都有油,遍地油如泉";

"你需要多少,我们送去多少,祖国的油矿永远也取用不尽";

"像一位守卫边疆的战士,我昼夜站立在祁连山顶。我站在那雄伟的井架下面,深情地照料着我的油井"。

而被玉门石油人引以为自豪的名句"凡有石油处,就有玉门人"其实就是出自李季的《玉门颂》一诗,全诗共四句:"苏联有巴库,中国有玉门。凡有石油处,就有玉门人。"不难看出,诗人李季在玉门面对的是一条堪与当时苏联巴库油田比肩的石油河。

在玉门油田,李季与王进喜亲如兄弟,而这都缘于对石油的共同梦想。李季对做一个石油工人十分自豪,他有一首题为《最高的奖赏》的诗这样直抒胸臆:

多少人爱恋着,
明媚秀丽的水乡;
多少颗年轻的心,
长起翅膀飞向南方。
可是我呀,
我却爱着无边的戈壁,
我把玉门油矿当成了自己的家乡。
广阔的生活道路,
培养着万千种美妙的理想,
那崇高的令人羡慕的荣誉,
又曾使多少颗心为之激荡。
可是我呀,

> 我只愿当一名石油工人，
> 一顶铝盔就是我的最高奖赏！

诗歌的最后两句竟然成了诗人的遗嘱。1980年3月8日李季在北京病逝。在八宝山灵堂，其夫人李小为按照他的这一诗歌意愿，为他穿戴上了一身老衣——石油人的工服和一顶铝盔。1999年11月26日，以王进喜的称号"铁人"命名的"中华铁人文学奖"在北京举行首届颁奖仪式，李季、**魏巍**等已故作家被授予"中华铁人文学贡献奖"，李小为应邀代李季领奖。2018年8月28日，已经91岁高龄的李小为将李季生前在玉门油田用过的遗物捐赠给中国石油档案馆。

玉门油田的老君庙油矿，唱出了新中国石油工业的摇篮曲。作为新中国第一个大油田，玉门石油历史久矣。早在秦汉时期玉门就已经发现了石油，大规模开采则是民国时期的事情。一开始，人们只认识玉门的黄金子，而不认识玉门的黑金子。1863年，一帮外来的淘金者为了祈福，在今天玉门市南端的石油河峡谷东侧的一个平台上修建了一个老君庙。1939年8月11日，民国政府在老君庙北边15米处，钻出了一口日产10吨的油井，从而拉开了开发玉门油田的序幕。这口开采于烽火岁月的油井，为中国人民赢得抗日战争的胜利做出了重要贡献。据玉门油田所存资料显示，玉门油田的开采，不仅奠定了中国现代石油工业的基础，而且打破了战前中国工业布局不平衡的局面。战前中国没有现代意义的工业，抗战期间，因为玉门油田浴火而生，中国的石油工业和化学工业才有了飞跃式发展，从而填补了中国能源工业的空白。

新中国成立后，玉门油田自然回到了新中国的怀抱，被列为"一五"期间全国156个重点项目之一，成为中国重要的能源工业基地。从20世纪60年代起，玉门油田被赋予新的历史使命，向全国各个油田输送骨干力量10万多人，各类设备4000多台。开发长庆油田时，玉门油田不但抽出了三分之二的职工，主要领导还赴陇东坐镇指挥。可以说，没有玉门油田，就没有后来的吐哈油田、四川油田、大庆油田，以及本文的主角——长庆油田。用今天的话说，作为一个经历抗日战火洗礼的民族实业，玉门油田就是一个孵化器，不仅为新中国的建设输送了能源，还孕育和承载了一种民族精神。

历史不会都变成尘埃。我们必须记住的是，当初给玉门油田第一口油矿定位并把油矿命名为"老君庙油田"的人，就是后来被称为"中国石油之父"的孙健初先生。2018年8月地质出版社出版的由穆伟、袁冰洁等所著的《中国石油之父孙健初》如此记述这位先生："孙健初是中国近代石油地质学家，玉门油田的发现者，新中国石油工业的奠基人，被誉为'中国石油之父'。孙健初1897年8月18日出生于濮阳县白罡乡后密诚村，山西大学毕业后进入中国地质调查所，并最终成为一名地质学家。抗日战争时期，日本全面封锁中国石油进口道路，在战时'一滴油一滴血'的大背景下，国民政府计划开采玉门油田。孙健初临危受命，勘探开发了中国第一口工业化油井，此后诞生了中国第一个大油田——玉门油田。玉门油田为抗日战争立下了汗马功劳。新中国成立后，孙健初深受党和国家领导人重视，彭德怀亲自接见他，贺龙亲自接见他并写信慰问和感谢，毛泽东亲自聆听他的汇报。"1952年，孙健初在北京因煤气中毒去世，年仅55岁。

特别需要说明的是，这本《中国石油之父孙健初》的序言是由石油地质学家，时任玉门油田总经理、党委书记陈建军所作。令人痛惜的是，就在今年长庆人准备带着我前去玉门油田寻根之际，陈建军因病医治无效，不幸于5月28日在玉门油田与世长辞，享年也只有56岁。从陈建军去世的时间和《中国石油之父》的出版时间上来看，这个序言应该是陈建军病重期间就写成了，只是他没有见到书的出版。在6月1日陈建军的追悼会上，有这样一副挽联令人动容：想玉门为玉门一片丹心照玉门，学石油干石油一生忠诚献石油。

孙健初与陈建军的生与死，虽然相隔了大半个世纪，却都是知天命的石油人哪！

说到新中国的石油史，还有必要记住另外一个重量级人物——"庆字号"油田的发现者李四光。他的陆相成油理论,先后成就了大庆油田和长庆油田。从这个意义上说,李四光也是新中国"石油教父"级人物。

20世纪90年代初,科学家李四光像英雄一样走进了我的心中,于是我写出了一首诗《李四光》:

一下又一下
一声连一声
你挥着一把铁锤
从南到北
从西到东
使自己与祖国怀里
每一块远古的石头
都产生共鸣

你经常与你的那些
亲密的石头
同床共枕
共同做一个富强的梦
你对一块块石头的深情
令你的妻子　也经常
不由自主地产生妒心

你真叫人羡慕哇

你的那双握铁锤的手

领袖们每一次握住

都不想松开　我们的领袖

都想通过紧紧地握你的手

揣一揣那些珍贵的石油

…………

李四光用铁锤敲打的那些石头就叫岩芯，地下地上都有，来自远古时代。李四光之所以与它们能"产生共鸣"，甚至经常与之"同床共枕"，就是在为祖国梦石油。

言归正传，还是让我们回到玉门油田吧。说玉门油田，不能不说王进喜。在新中国的石油史上，玉门油田出了一个赫赫有名的铁人王进喜，石油人亲切地称他"王铁人"。国家开发大庆油田时，王进喜又去了大庆油田。1964年，毛泽东主席发出"工业学大庆"的号召。受此鼓舞，王进喜更加拼命，和他的大庆油田一样，成了全国工业战线一面不倒的旗帜。

知道王进喜后，我就知道了石油工人的厉害，如他说给自己也说给别人的一些狠话：

"石油工人一声吼，地球也要抖三抖"；

"石油工人干劲大,天大困难也不怕";

"有条件上,没有条件创造条件也要上";

"宁肯少活二十年,拼命也要拿下大油田";

……

第一句让人震撼,第二句让人敬佩,第三句让人振奋,第四句令人感到悲壮。王进喜的这些豪言壮语,成了中国石油人"我为祖国献石油"初心的行动口号,响彻中国大地。这些鼓舞人心的金句,不仅仅出现在教科书里,有的还被写在宣传画上,到处张贴,有的则被谱成了歌曲,人人传唱。

但是,令人惋惜的是,最后一句"宁肯少活二十年,也要拿下大油田"竟然一语成谶。1923年10月8日出生于玉门的王进喜,1970年11月15日因患肺癌晚期医治无效不幸病逝,年仅47岁。如此,按照已逾耄耋之年还活着的玉门油田同龄人的年龄计算,王进喜至少比别人少活了40年。看来,铁人王进喜真正是一个为了石油而"一不怕苦二不怕死"的玩命硬汉。

上中学时,王进喜在一部新闻纪录片里的形象给我留下深刻印象:天寒地冻,穿着棉衣的王进喜,跳入深及胸脯的泥水之中,怒吼着,抗争着……他究竟具体在干什么,因为不了解油田,我一点也不知道,只知道他在油井上抢险。但是,我由此看到了刺骨的寒冷、污浊的泥浆和夺命的险情,而王进喜就是一个临危不惧、顶天立地的大英雄。

后来我才了解到,那是一次危险的井喷,是在大庆,当时跟着王进喜"赴汤蹈火"跳入泥水中的还有七个玉门籍工人。什么是铁人,这就是铁人。让中国甩掉"贫油国"帽子的人,就应该有这样的英雄气概。

那是一个崇尚英雄的时代,王进喜自然成了我心中不倒的偶像。因为崇敬,我给李四光写诗的同时,还写过一首题为《王进喜》的诗,对王进喜这个时代英雄做了形象的概括。现分享如下:

　　旗帜上那把铁锤
　　将你敲打了一遍又一遍
　　风雨里几番淬火
　　使你这个硬骨头
　　浑身上下
　　铁骨铮然

　　石油工人一声吼
　　地球也要抖三抖
　　人们都听见　是你
　　领着一群石油工人在吼
　　在吼深处沉睡的石油
　　为了使祖国不再落后

你恨不得用一根钻杆

把地球钻透

谁说春风不度玉门关

谁说玉门不进春风

当一株株采油树

拔地而起

油田啊　处处都是春风

谁说中国没有石油

在玉门　你唰地一下闪开身

让地球那边的洋人

睁大了眼睛

在中国　一个铁人

就是一座钻塔啊

从玉门到大庆　中国人

一望到你钢铁铸就的身影

心中就忍不住钻机轰鸣

油浪滚滚

那时，我曾经试图用这首诗给王进喜立传，但后来发现它实在太浅薄，尺度和内涵都不足以仰望一位钢铁般的石油巨人。不仅仅是在中国油田,王进喜是一个让许多中国人坚持了最初信仰的时代楷模。王进喜虽然英年早逝,但他至今都是一个油田的守望者。哪怕只是一尊铜像,他的灵魂仍然守在中国的油田。

英雄虽逝,但石油血脉还在。王进喜和"贤内助"王兰英育有五个儿女,分别是大女儿王瑛、大儿子王月平、二儿子王月璞、二女儿王月珍和小女儿王月琴。其中,除身患残疾的王月琴已经离世,其他四人都还健在。活着的四人之中,王瑛已经退休,其他三人都还是大庆石油人,坚守在各自的岗位上。

长庆的根在石油城玉门。玉门老君庙的那棵"采油树"肯定就是中国石油人的"大槐树"。玉门油田是长庆人魂牵梦萦的故乡。

铁人王进喜让我知道了玉门油田,而长庆人把我领到了玉门油田。

初秋,2019年的玉门。天蓝云白,地空人稀。传说中"人去楼空"的玉门油田生产区显得格外安静。

玉门石油人的石油河,其实就是倒淌的疏勒河,涌出祁连山之后,义无反顾地倒流而去,出玉门,过瓜州,抵达敦煌,最后汇入罗布泊。疏勒河虽然在倒淌,但像大地上的河流一样,她也是一条母亲河。不过,今天流经老君庙峡谷里的一段疏勒河几近断流,站在峡谷上面看去细若游丝。

那条石油河峡谷,让人怀疑它就是成语"虚怀若谷"的诞生地。峡谷上下,除了几台磕头机在有气无力地磕头而外,井区鲜有人影。老君庙里陈列的历史更是清静冷落,每一幅老照片述说的都是一段旧时光。此番境地,恐怕是大画家张大千当初题写"老君庙"牌匾时没有想到的。

不过,我们可能看走了眼,只看见表象,没有看见内在。的确如此,到了生活区,我们看见的是一番意想不到的景象。午饭时间,在生活区一个很大的职工餐厅,我看到了一个很是壮观的就餐场面:近50张餐桌前已经坐满了用餐的人,而两边过道上还排了等待打饭的长长的队伍,人人都穿着一身中国红工装,聚集在一起,真有一派"满堂红"的气象。

重新审视之后,矗立在老君庙大门口的一块巨大的"油花石"里飞溅的"油花"让人欢欣鼓舞,而在接下来的王进喜纪念馆,一尊王进喜青铜雕像,看上去还是执着的、静默的铁人仍然给人一种无形的力量。

王进喜从小捞油的那条石油河虽然不在了,但另外一条河还在流淌。每一个沐浴着石油河长大的石油人都是一条河流,比如王进喜,他的生命之河还在奔腾不息,从玉门油田流向了远方。

到玉门油田之前,在长庆采油四厂,我知道了一个四代石油之家。82岁的老石油李凤娥,上有舅舅马骥祥,下有先后成家的两个女儿和两个儿子，家家都是石油人。在这一条石油河上，舅舅马骥祥在上游，李凤娥与已故的丈夫在中上游，两个女儿、两个儿子和一个孙女在下游。那么，让我们借助李凤娥一家四代人的家庭石油史，了解一下玉门油田和长庆油田之间的骨肉关系。

朝鲜战争爆发。为了抗美援朝保家卫国，中央决定加快开采玉门油田的步伐，紧急输送战争血液——石油。第二年，中国人民解放军第19军57师被命名为"中国石油工程第一师"（简称"石油师"），奉命解甲归田，集体转业，奔赴玉门油田开采石油。当时，二团代政委是后来担任石油工业部部长的宋振明，政治部主任是后来担任中国海洋石油勘探局局长兼党委书记的马骥祥。

这两位新中国第一代石油人，各自可都有着不凡的身世呢。宋振明的父母宋绮云和徐林侠，都是中共地下党员，曾经在杨虎城身边工作，西安事变时担任主要联络员。而宋振明的弟弟就是《红岩》里"小萝卜头"的原型，大名叫宋振中，小名叫森森。宋振中是新中国最年幼的烈士，牺牲时只有9岁。

这里要说的是第二位马骥祥，而他的戎马生涯也不说了，只说他的后来。马骥祥从玉门油田离开后，历任江汉石油指挥部指挥长、中共江汉石油勘探会战工作委员会代书记、江汉石油管理局局长，直至中国海洋石油勘探局局长兼党委书记。1996年1月25日，马骥祥在天津逝世，终年75岁。马骥祥在任时，一身正气，两袖清风，为石油职工所爱戴；去世后，其家人将仅有的一点存款和一处房产都交给了单位。

马骥祥不是别人，正是李凤娥爱人王恒智的舅舅。马骥祥和妻子虽然终生未育没有子嗣，但是对两个外甥像自己的孩子一样看待，既疼爱又严厉。成为采油人之后，马骥祥在中国陆上油田和海上油田都留下许多动人的故事，三天三夜也讲不完。

马骥祥没有在后来的长庆油田工作过，只是退休后来过一次。那一天，在长庆油田几位领导的陪同下，马骥祥在几个单位参观考察后，欢喜地来到外甥的家里。让李凤娥一家遗憾的是，团聚之后，一家四代石油人忘记留下一张全家福。

耄耋之年的李凤娥头清脑亮，说起自己60多年前的过往，一点也不含糊。1958年，她从玉门石油技校毕业后，在玉门邂逅了后来成为自己丈夫的老乡王恒智；她1961年参加工作，1964年就成了家属。一开始，李凤娥就是这样介绍自己。这个看似简单的经历，却是一部辛酸史。20世纪60年代初，国民经济进入一个困难时期，为了渡过难关，政府开始减少城市人口。这样，已经有三个孩子的李凤娥被迫"申请解除公职"，成了一个没有任何经济收入的家属工，一家人都靠开汽车的丈夫一个人养活。不久，陇东油田开发了，一场石油大会战打响，玉门油田必须火速支援，一批玉门石油人开始了"跑步上陇东"。因为采取的是"先生产后生活"策略，丈夫的车队必须先行出发。而此时，也就是丈夫出发的前一天晚上，两个孩子躺在同一个病房的同一张病床上，都吊着瓶子在输液；大女儿害着麻疹，儿子不仅被麻疹传染，还诱发了肺炎，生命垂危。而在病床边，只有她和两岁多的二女儿守着。在这一女一儿之前，因为营养不良，她曾经夭折了一个一岁半的儿子，这个儿子必须保住。还好，孩子命大，闯过了这个鬼门关。那天出门的丈夫，到了陇东后就投入会战之中，半年后才回了一次玉门。李凤娥一个人苦苦支撑了两年半，终于等来了一个家属工"跑步上陇东"与丈夫团聚的机会。她清楚地记得，出发的那天，天下着很大的雨，她怀里抱着一个刚刚服了一颗预防小儿麻痹症糖丸的孩子，手里拉着两个大一点的女孩子，而两个女孩子手里还拖着箱子。从玉门坐火车，他们一路磕磕绊绊赶到咸阳，然后在一个亲戚的帮助下才搭顺风车抵达甘肃省庆阳地区西峰镇。当时的庆阳，生活条件非常艰苦，一家子在一孔破窑洞里勉强挤下，就撑起了一个家。吃的穿的就不用提了，吃的大都是高粱、玉米，白面、大米很少见；至于穿的，除了穿工服的，一家人常年个个都是"老虎下山一张皮"，和当地的农民没啥两样。那时候，除了照顾几个孩子，李凤娥还要到油田的农场劳动。当地的卫生医疗条件更差,方圆100公里没有一个医疗所。所以,最让人担心的事情发生了,因为当地没有药品,少服用了一颗预防小儿麻痹症糖丸的儿子王学军失去了平衡,不能像一个健康的孩子那样走路。对于这个终身残疾的孩子,夫妻二人痛心疾首,以泪洗面,差点哭瞎了眼睛。在第一颗糖丸到第二颗糖丸之间,居然耽搁了一个孩子的一生。害怕这个孩子不能存活,后来他们又生了一个孩子。

不过,对于当上石油工人,李凤娥还是很满足的。

李凤娥和大儿子王学军三世同堂的家庭经济状况就是一个证明。在西安的李凤娥家,我看到的是一个普通得不能再普通的市民之家:清静、寡淡、俭朴。

李凤娥的丈夫王恒智已经去世两年半了。在大儿子王学军心目中,父亲王恒智是一个石油英雄,他几乎记着父亲所有的故事,那些从母亲和父亲口里听来的故事,那些自己和姐姐弟弟亲身经历的事,都让他感动不已,难以忘怀。他记得,1969年年底的那一天,父亲丢下病床上的他和姐姐,带着一个徒弟轮流开着一辆苏制马斯大卡,拉着整整一车钻井设备,日夜兼程在1970年元旦凌晨顺利抵达长庆油田会战指挥部所在地——甘肃省宁县长庆桥镇,完成了单位交给他的运输任务。父亲回家已经是半年之后,那时他和姐姐已经痊愈。见到突然回家的父亲,他和两个姐姐差点认不出父亲了。在家待了两三天，父亲又去了长庆油田。在王学军的记忆里，父亲总是这样，回家就像一个住客栈的客人。

王学军讲的许多故事都是从父亲王恒智那里听来的。父亲是一个爱讲故事会讲故事的人，一直从玉门油田讲到长庆油田，像一个故事篓子。王学军小时候，以及父亲的几个孙子孙女和外孙子外孙女都听过偶然回家的父亲讲故事。

父亲最爱讲狼的故事。

玉门油田会战初期，生活区和作业区不在荒凉的大峡谷就在峡谷上面的荒野之中，因为堆积了一些生活垃圾，每一个人居住的窑洞或帐篷周围都会经常引来觅食的狼群。在人多的地方遇见狼群还不可怕，外出的人如果夜里车坏在野外，一打开手电筒就会看见一片闪着寒光的蓝莹莹的狼眼睛，而那些饿极了的狼还会爬到车窗子上，伸着尖利的爪子，张着血盆大口，喷着一口热气，用长长的舌头舔着窗玻璃，死死地盯着车里的人……

那时候，由于石油工人实行24小时连续巡井制度，当地群众说起石油人就是"狼不吃的采油工"。其实不然，石油人被群狼撕伤乃至被狼群咬死的事情时有发生。听了狼的故事，王学军就会问父亲，爸爸你害怕狼吗？爸爸如果哄他说害怕，他就不睡觉；爸爸如果说不害怕，他才会睡着。

王学军知道，父亲生前最崇拜的人就是舅爷马骥祥，而舅爷马骥祥是王学军心目中英雄的英雄。父亲第一次见舅爷的情景对于王学军来说，似乎比父亲还要记得清楚。那是1954年，为了混饱肚子，刚刚初中毕业的父亲和姑姑兄妹两人，从陕西省富平县千里迢迢投奔在玉门油田担任石油师二团政治部主任的舅爷。到了玉门的当天，舅爷就在一孔窑洞里见了兄妹二人。玉门油田当时急需工人，舅爷很快就答应把父亲和姑姑留下来。舅爷让炊事员用几个馒头、一碟咸菜和一碗开水招待了他们之后，就叫人带着他俩去分配工作。于是，父亲选择了汽车驾驶员，姑姑则当了采油工。多少年之后，父亲还清楚地记得舅爷住的那个窑洞：里面正中的墙上贴着毛主席画像，靠窗子的一张办公桌上摆着一部摇把式电话机，床上放着一把带皮套的驳壳枪。哦，对了，门口还站着一个警卫员呢，父亲和姑姑进门出门时，还向他们点头微笑了一下。

父亲还记得，那天走时，舅爷还把他和姑姑叫住，严肃地叮咛了一句：平时不要给别人透露和舅舅的关系！

王学军记得，当父亲第一次说到这个细节时，他还曾经好奇地问为什么，父亲回答说，你这娃傻呀，好好想去！

王学军想了很长时间，才想明白舅爷为什么要对父亲和姑姑说那句话——舅爷是不让他们享受特殊待遇。

父亲当然认识王进喜，英雄王进喜当然也是父亲心中的偶像。铁人王进喜在玉门油田时，一直是贝乌5钻井队队长，父亲的车组常年配属贝乌5队，所以父亲与王进喜私人关系很好。王进喜是玉门赤金人，一口浓重的当地口音，外地人与他说话根本听不懂他的话，以至于他向毛主席等领导人汇报工作时都需要翻译。因为崇拜王进喜，父亲经常模仿王进喜的神态和口音说话，父亲惟妙惟肖模仿王进喜的样子，如果不去看面孔，贝乌5队的工人谁也分不清说话的人是驾驶员王恒智还是他们的队长王进喜。

父亲王恒智因为患帕金森综合征而卧床20多年，最后殁于养老院。为了工作，无法照顾父亲，使父亲死于养老院，是王学军兄弟和两个姐姐这半辈子心里最大的痛。

第四代石油人王馨一直没有忘记前辈的故事。王馨是王学军唯一的女儿，是王恒智和李凤娥的孙女，而马骥祥是王馨的舅太爷。

今年只有25岁的王馨是长庆油田第一采油厂王南作业区04井区17号结转站的一名新职工，而她还有一个身份——英国曼彻斯特大学毕业的政治经济学研究生。在长庆油田，像她这个年龄段的年轻人在家里大都是油三代，是舅太爷使她成为油四代，虽然是一个小字辈，但她的生命却因此而有了深度。

那些根植于大地上的"石油树"总是根深苗壮。

对于父亲王学军和母亲王改娥，王馨没有太多的故事，在油田工作的采油技能专家父亲和地质高级工程师母亲一样，经常不回家，她从小到大都是奶奶或者姑姑带着，像油田所有的留守儿童"小候鸟"一样,在空寂的石油大院里自己成长。尽管如此,王馨对父亲和母亲充满了敬意,尤其是残疾的父亲,她敬佩他通过刻苦的自学成为一名优秀的石油专家。

对于爷爷王恒智和奶奶李凤娥,王馨的心里充满了怜惜。从爷爷奶奶口里,她知道了第一代石油人"三块石头支口锅,三顶帐篷搭个窝"艰难困苦的激情岁月。

最让王馨引以为豪的还是舅太爷马骥祥。

王馨虽然是一个工龄还不到一年的石油人,但她的身上无疑流淌着石油人的血液,怀抱着一颗石油人的初心。毕业于海外名校的王馨认为,见识过最好的也能接受最差的是一种能力。她满怀激情地说,去年年底上班前,在长庆桥培训中心,她代表600余名全体新学员做表态发言时,石油人肩负的责任感和使命感在她的心中油然而生。

王馨的这句"油然而生",是我在石油人口里听到的第一句"油然而生",甚是为之喜悦。但愿她的油然而生的油也是中国石油的油。

一个人的基因是无法改变的。长庆人的基因有着黑金子一样的品质。在第五采气厂,有一个名叫白王畹力的女孩,以她新加坡国立大学毕业生和统计学专业的资质,在特大城市当一个白领都不是问题,但她就是被油一代父母硬堵在了长庆油田,至今只是一个劳务工。女孩很优秀,在本职岗位上做出了非凡的成绩,技能竞赛选手、公司劳模、创新标兵和优秀团员样样都有她的一份。采气五厂党委宣传科科长刘建盛说:"我个人觉得,这个孩子告诉我们,优秀的人在哪里都能优秀;这个孩子,她的骨子里有石油基因,能耐得住寂寞,舍得付出,而且她想证明自己的优秀,即使在这样一个荒蛮的环境中。"

看上去,王馨似乎很柔弱,根本不适合长庆油田艰苦的环境,但她毅然去了最艰苦的地方,用石油人的话说就是——她上前线了。

所以,我想在心里给年轻的王馨们说一声:加油哇!

李凤娥一家的口述石油史,从玉门油田到长庆油田,从大西北到东部沿海,筚路蓝缕,艰难困苦,而且充满了惊涛骇浪,像一部缩写版的中国石油史诗,正可谓:"一部艰难创业史,百万覆地翻天人。"

第二章　石油的秘密与鄂尔多斯聚宝盆

在中国石油文化中，石油与诗歌从古至今似乎都有一种精神缘分。截至目前，所见中国最早记述石油的一首诗歌就是沈括著名的《延州诗》："二郎山下雪纷纷，旋卓穹庐学塞人。化尽素衣冬未老，石烟多似洛阳尘。"

这首《延州诗》，在今天看来，既是一首石油诗，也是一首边塞诗或者军旅诗，"学塞人"就是证明，而诗歌中提到的"石烟"，也只是在借其"洛阳尘"似的壮阔来抒写自己壮志未酬的苍茫心境罢了。

沈括当时"学塞人"的边塞不在玉门而在延州，玉门在甘肃西部，延州在陕西北部，其时都是烽火连天的边关要塞。

当时，戍边的沈括，只是在当地找到了一种战争的燃料——"石液",然后用来制作一种类似于今天汽油弹的"猛火油"。

沈括的《延州诗》始见于其《梦溪笔谈》一书之中。沈括在记述《延州诗》成诗的过程中写到了"石油""石液"的名字、状态和用途。节录《梦溪笔谈》原文如下:

鄜、延境内有石油,旧说"高奴县出脂水",即此也。生于水际,沙石与泉水相杂,惘惘而出……其识文为"延川石液"者是也。

但是,有人据此说沈括发现了石油,此话不对,他只是第一次遇到了石油,而且是在地面;有人说沈括是第一个使用石油的人,此话也不对,因为在他之前已经有人在用石油制作墨汁;有人说沈括是给石油命名的第一人,此话也不对,因为在沈括1000年之前班固的《汉书》中已经出现"石油"一词。

其实,从前面所引原文字面已经能够看出,"石油"一词早已有之,"石液"之物早有人在使用,沈括只是在记载而已。沈括的《梦溪笔谈》的确是一部伟大的科学著作,但根据该著作来判断其就是"世界石油鼻祖"什么的,显然有点草率了。《梦溪笔谈》只是目前发现的最早记载石油的著作之一而已。而且,《梦溪笔谈》虽然是一部伟大的百科全书，但对石油的见识还没有形成一个科学体系。沈括的庸常是看见，沈括的伟大是预见。

上面所引文字之后的下面两段文字才是最重要的："此物后必大行于世，自予始为之，盖石油之多，生于地中无穷，不若松木有时而竭。"

此段论述，不能不说沈括在一千年之前预见了石油的未来——今天这个"大行于世"的石油时代。沈括既看到了一架一飞冲天的航天器，也看到了一只遭遇油污而翅膀沉重的石油鸟。不过，"自予始为之"，显然是武断了。

而且，沈括只看到了未来而没有看到从前，其《梦溪笔谈》并没有记载石油的生成，他只是看到了眼前地面上的石油在"惘惘而出"，而不知石油从前的奥秘。

沈括不知，我们今天的人却是知道的。权威的说法，大约在4亿年以前，因为沧海桑田的巨大变化，大量的古生物遗体在高温高压物理作用之下，在地层深处慢慢变成了一种液体或气体——这就是石油和天然气。1000年前的中国大科学家沈括肯定不知道这个天大的秘密。

多么让人震惊，古生物的遗体，有机生成？如此说来，石油曾经是一种有灵魂的生命。按照今天量子科学的认识，量子就是灵魂，那么今天的石油就是由数亿年前无数有灵魂的生物生成。这虽然是我一个人假设的学说，但绝对不是胡说八道，既然关于石油的成因有着许多无法解释的现象，那么我们何不张开想象的翅膀穿越一次？既然有着权威的说法，必然还有不权威的其他说法，比如无机生成之说。我相信权威，此文就以"古生物生成"为准，其他说法先让它靠边站一站。

难怪西方人把石油称作"魔鬼的眼泪"。看来，人类的有神论者和无神论者可能都把钻头伸到了魔鬼的巢穴。不过，面对可爱又可憎的地狱魔鬼，大家都不约而同地选择了擒魔人而不是驱魔人。

在石油世界，谁掏出了岩芯也不一定就能掏出石油，让地面上的人看见石油"惘惘而出"是一个非常艰难的过程。石油专家说，石油开采方式有自喷采油和机械采油，自喷采油是由于地下含油层压力较大，凭借自身压力就可以使原油从井口喷出的采油方式；机械采油则是利用各种技术攻关，用泵把原油从井中抽出。目前，我国石油开采主要是机械采油，所以在我国油田，对岩芯实施压裂的过程就是采集石油的过程。

接触了长庆的科技精英之后我才知道，地下的石油，并不都是以地下河的形态而涓流成河的，让我们轻而易举地用一个吸管去汲取，而是需要想方设法攻坚克难地去汲取。在没有油的地方采油就是"超低渗"，其技术专业术语叫"压裂"，长庆人形象地说就是"干毛巾里挤水"。这个比喻虽然形象，但常人还是难以理解，因为想象中"干毛巾"里根本没有水，那么如何能挤出水？问题关键就在这里——采油超乎我们的想象。石油专家说，石油按照相对密度和黏度划分为常规石油和非常规石油两大类，常规石油暗藏在如冻豆腐的空隙中，而长庆油田所开采的是一种非常规石油储层，类似于我们家中的磨刀石这种致密砂岩缝隙中，油性具有黏度高、密度大、低孔低渗的特点，勘探难度非常大，必须通过压裂才能采出石油。所谓压裂，就是利用高压水力作用，使含油岩石层形成裂缝，加入支撑剂（如石英砂等）充填进裂缝，这样就能打通原油流出的通道了。而且，不仅仅是压裂，快速钻井、精细注水、水平井开发和地面集成化技术等一系列技术创新都大幅度提升了油气采收率。因为这些先进技术，长庆人在原地找到了过去没有找到的石油，开采出过去无法开采的石油。长庆油田近十年快速崛起的秘密就在这里。

目前，全球致密性油气开发最成功的国家是美国，其次就是中国，而在中国最具有代表性的就是长庆油田。

20世纪90年代末，长庆油田艰苦创业的时候，采油人有一首《重唱压裂歌》，虽然没有形象地说出压裂技术是怎么回事，却能看出压裂的重要性。歌词是长庆井下技术作业处职工王小红提供的，现摘要如下：

会战春秋弹指而过,
二次创业大潮扬波;
雄关漫道从头越,
井下工人重唱压裂歌。

压!压!压!
狠狠地压,
压得地层冒出了火;
压!压!压!
狠狠地压,
压出世纪新突破。

强化科学管理,
深化企业改革;
引进先进技术,
武装压裂王国。
干群同心拓市场,
一路风雨一腔热血!

压!压!压!
狠狠地压,
压得油龙腾空舞;

压！压！压！

狠狠地压，

压出历史新跨越……

歌词中这么多的惊叹号，足见一个"压"字的分量。歌词的艺术性不怎么精妙，其历史局限性显而易见，却真实地再现了长庆职工凭借压裂技术采油的生动场景——犹如一个舞蹈场面。其实，这就是长庆石油人在劳动现场吆喝的一支劳动号子。

长庆油田人把被压裂的岩芯叫磨刀石，富于想象力的长庆人把在磨刀石上采油叫作在磨刀石上舞蹈。

压裂人周长静这样解释压裂的原理："所谓压裂，就是通过水力作用，在油气层形成裂缝，就好比在地底下修建一条高速公路，使油气能够更容易流出来。"长庆的油不像中东的油，只要打井，口口井喷，井井高产。长庆人说自己是："过压裂年，吃压裂饭，唱压裂歌。"

当前，世界石油开采已经进入致密时代，东方的中国和西方的美国是致密油气开采最成功的两大石油强国。但是，作为一种隐藏在大地深处的宝藏，石油的分布还有许多待解之谜，致密油、致密气和页岩油等这样一些古老的石油形态让全世界的石油人精疲力竭，"芝麻开门"在发现石油的荒野里还是一个神奇的传说。可以说，世界上至今还没有一项技术能够把地下的石油全部采出来。

人类发现了石油，石油也绑架了人类。可以说，自人类发现石油的第一天起，人类就在生存和死亡的泥潭中无法脱身。当然，石油之路，是人类的文明之路，石油是工业的血液，石油是军事的神器，石油是农业的润滑剂，石油是文化的长明灯，石油是……

而在我看来，石油还是地球上最后一个烟鬼第一万零一个打火机欢喜的泪花——可能是魔鬼的。

在地球村，中国在2018年世界石油储量排名中居于第七，前十名分别是委内瑞拉、沙特阿拉伯、加拿大、伊朗、伊拉克、科威特、中国、阿联酋、俄罗斯、利比亚；而在2019年全球最权威、最知名的《财富》杂志世界500强大公司评估中，中国石油化工集团居于全球十大石油公司排名之首，中国石油天然气集团公司则屈居第三。

中国人不甘落后于人。幸运的长庆人依靠一个秘密的"寻宝图"找到了一个石油聚宝盆——鄂尔多斯盆地。中国石油人从盆地油气的聚集特征发现，鄂尔多斯盆地是半盆油、满盆气，南油北气、上油下气，纵向看含油层系像一幢四层楼，加之盆地内蓄积了油页岩、岩盐、水资源、地热、水泥灰岩、褐铁矿、天然碱、铝土矿等资源，该大盆地被石油人誉为"聚宝盆"。鄂尔多斯盆地发现石油，不仅使长庆石油人端上了铁饭碗甚至金饭碗，还让中国西部崛起了一个特大油气田。

极目远眺，长庆油田是一个被名山环抱的风水宝地。从中国地形图上看去，因远古地壳运动而逐渐形成的鄂尔多斯盆地，四面环山，紫气凝聚，顺时针自北而东旋视一周，分别是阴山、吕梁山、大青山、秦岭、六盘山、贺兰山、太行山，总面积37万平方公里，为我国第二大沉积盆地。

阴山，一首《敕勒歌》从南北朝流传至今，"敕勒川，阴山下。天似穹庐，笼盖四野。天苍苍，野茫茫，风吹草低见牛羊。"大青山，中国最大的一个大青山是也。秦岭，我国气候上的南北分界线，有中华民族的父亲山之誉，韩愈有"云横秦岭家何在？雪拥蓝关马不前"之诗句。贺兰山，我国季风区与非季风区的分界线，贾岛有"贺兰山顶草，时动卷帆风"之诗句。六盘山，陇右与陇东的分界线，毛泽东主席有"天高云淡，望断南飞雁。不到长城非好汉，屈指行程二万。六盘山上高峰，红旗漫卷西风。今日长缨在手，何时缚住苍龙"之绝唱。而吕梁山和太行山，则是中国人民抗击日本侵略者的两座英雄之山。

如此来看，长庆人是有"靠山"的，而长庆油田的崛起也许就是依靠这些名山的共同支撑。读懂了这个大山家族，就读懂了鄂尔多斯盆地；读懂了鄂尔多斯盆地，就读懂了长庆油田。

其实，寻宝一样的鄂尔多斯大盆地石油勘探20世纪初就开始了。掀开历史的帷幕，我们能看到这样一页页狂野的旧石油史——

1903年，中国人带着德国人来了；

1906年，中国人带着英国人来了；

1914年，中国人带着美国人来了；

……

1950年年初，在中国人民站起来后的第二年，中国石油人即组建了一支陕北石油勘探大队，在陕北发现油田，石破天惊……

大庆油田开发10年之后，中国又有了一个和大庆油田名字相连的油田——长庆油田。

阅尽沧海必有桑田。因为喷薄而出的石油，一个深沉的沉积大盆地在悄然崛起，一个叫长庆的大油田继大庆油田之后进入发展的"井喷期"。后来者居上，长庆超过了大庆。不过，长庆只是在油气总量上超越了大庆，天然气储量是中国第一，"油老大"还是家底雄厚的大庆。

今天，大庆与长庆都是中国石油天然气集团公司的油气田企业，与玉门油田、克拉玛依油田、吐哈油田、青海油田、辽河油田、华北油田、塔里木油田和冀东油田，以及许多衍生的石化公司，都是中国石油部落里的亲兄弟。

铁人，铁流，铁血长庆。长庆的石油与祖国的命运血脉相连。在一幅长庆油田的作战图上，我们欣喜地看到，由鄂尔多斯聚宝盆伸向北京、天津、上海等地的输油输气管道，像一个人体科教图上的毛细血管和动脉血管，清晰而密集。几乎不需要诗人的想象，那些鲜红的毛细血管，就是7万多长庆石油人的血管；那些动脉血管，就是鄂尔多斯大盆地的血管。长庆在为民族争气，也在为自己争气。人们可能不知道，2008年北京奥林匹克运动会的圣火就是从鄂尔多斯大盆地的榆林送到北京，经李宁之手熊熊燃起，然后照亮世界。虽然点亮火炬的是李宁，但举起李宁的却是长庆石油人。那一天，采气三厂的高丽萍应邀作为石油工人代表，在现场见证了长庆人那"气贯长虹"的一幕。

这就是鄂尔多斯盆地，一个被长庆人在50年艰难的岁月中一点一点发现并奉献出来的"聚宝盆"。长庆人发现鄂尔多斯聚宝盆的故事，充分证明了中国人获取财富的勤劳和智慧。

而且，长庆人获取的精神财富肯定大于物质财富。长庆精神，就是"磨刀石精神"，而"磨刀石精神"又是"延安精神""解放军精神""玉门精神"和"大庆精神"复合的精神结晶。

在长庆油田，如果让我去思考这样一个问题——当物质与精神也像母鸡与鸡蛋一样分不清孰先孰后的时候——我当然选择精神在物质之前。因为我发现，长庆人都是精神喂养大的，长庆石油人就是石油精神之所在。

第三章　有一个人叫陕甘宁

其实，鄂尔多斯盆地就是原来的陕甘宁盆地。一个是历史概念，一个是地质区域。

在长庆油田采访途中，当听说基层有一个女工的名字叫陕甘宁时，按照我"字思维"的习惯，我很想去找一找这个姓陕名甘宁的女职工，看看她是否长得像一个光荣的"陕甘宁"。但遗憾的是，当我提出这个想法之后，身边的几个长庆人都说不好找，长庆人太多了。无奈，我只好托自己刚认识的几位采油人去寻找，希望找到她，一睹芳容。

我之所以对一个采油人的名字发生兴趣，并非闲来无聊无病呻吟，而是因为它有一个特殊的历史内涵，而且它的背后肯定有一个不平凡的石油故事。

哦，陕甘宁大盆地的长庆采油人陕甘宁你在哪里呢？

长庆采油人陕甘宁的名字无疑带我们指向了历史深处。陕甘宁革命根据地是新中国的摇篮。一次革命当然不是地层深处石油的成因，但这次革命的本身也许就是一次寻找石油财富的过程，并最终让我们拥有了它的开采权。而且，一支由陕甘宁革命根据地成长起来的"石油师"，也在这一聚宝盆里汲取了一种动力强大的精神财富。长庆采油人陕甘宁可能只是一个普通的女工，而且我们彼此还不了解，但她能让我感到一种精神的存在——长庆油田的精神归属。

在新中国的石油寻宝图上，一笔巨大的财富可能因为山川形胜一个耀眼的符号而被精准定位。

我终于找到采油女工陕甘宁了！在刚认识的一位油田朋友帮助下，我得到了陕甘宁的手机号码，发了一个短信之后，陕甘宁很快加上了我的微信，我们就从她的名字开始聊了起来。

原来，陕甘宁是一个身世平凡的油二代。1979年的一天，在宁夏一个叫马家滩的石油小镇上，一个姓陕的石油娃就要出生了，但她的父亲远在红井子大会战的前线不能离开战场。石油娃的父亲想，自己不能回家看着孩子出生，就先给孩子起一个名字，给孩子起好名字就等于给孩子接生了。不过，给孩子起名对他而言是一件很难的事情，比他的老婆生一个娃似乎还艰难。于是，石油娃的父亲想啊想啊，当想到自己这个姓陕的石油人就在陕甘宁盆地，而马家滩又位于陕西、甘肃和宁夏两省一区的交界处，他突然灵机一动，兴奋地对工友们说：不论是男是女，我的娃都叫——陕甘宁。

陕甘宁的名字好，给她起这个名字的人更好。陕甘宁的父亲叫陕继才，甘肃临夏人，1971年随两万复转军人从部队来到庆阳参加长庆油田大会战，而后又转战宁夏参加红井子会战。退休之前，他一直是一个老先进呢。

学生时代，女石油娃陕甘宁很不喜欢自己的名字，觉得太男孩子气，而且也不知道是啥意思，别人一听到"陕甘宁"三个字就会嬉笑不止，让她十分难堪。她几次思谋着换一个名字，但都被父亲制止了。直到参加工作以后，知道了"陕甘宁"真正的含义，她便再也不想改了。改了伤父亲的心不说，还伤自己的根；一个采油工的陕甘宁，陕甘宁的一个采油工，虽然只是自己的一个符号，却承载着许多闪光的记忆。她从自己的名字感到了一种荣耀。

为了回复我她长得像不像"陕甘宁"的问题，陕甘宁给我发来了网上一个记者写她的一篇文章，其中配发两幅她穿着红工服的照片：一幅是她坐在油井前的石头牙子上给一只小狗喂食，一幅是她坐在山峁上沉思的半身侧影，而青青的大山正在远方起伏……

好一朵鲜艳的山丹丹，我立即回复陕甘宁：一种陕甘宁的美丽！

陕甘宁在微信里说，父亲因为得了脑梗死，身体已经不行了，说话都很困难。陕甘宁还说，石油其实是一种信念，就是坚持。如此来看，那个陕甘宁对于这个陕甘宁已经不仅仅是一个符号了，父亲给她的是一种信念，而她也感到了一个名字的重量。不过，陕甘宁不认为自己的名字对自己有压力。

陕甘宁的名字，无疑已经是长庆精神的一个代名词。

多么让人感动，父亲坚持了下来，陕甘宁和丈夫正在坚持，而他们20岁的儿子今年又走进了油田，成为他们家的第三代石油人，继续开始一种坚持。

三代石油人的坚持，都是因为一个陕甘宁盆地，而这种坚持始于一个老石油把自己的一个孩子命名为陕甘宁。

1971年从军营来到陕甘宁的陕继才，这位给孩子想出了一个特别的名字的油一代，让我们不由得想起长庆人当初那一段"跑步上陇东"的传奇。

今天，在长庆油田，大家说的是长庆石油人跑步上陇东，而在玉门油田，人们仍然说的是玉门石油人跑步上陇东。这都是正确的，因为长庆石油人的前身是一部分玉门石油人，而过去的一些玉门石油人就是今天的长庆石油人。他们同根而生，血脉相连，其血液就是国民经济大动脉里的铁血石油。

陇东，地处鄂尔多斯盆地东南角的陇东盆地，包括今天六盘山以东的庆阳市和平凉市，二市曾经同属一个行政区域单位，因为地处甘肃最东边，故习称陇东。不过，陕甘宁革命根据地的甘肃部分，仅指庆阳老区，不包括平凉。

从甘肃地形图上看，庆阳深陷于陕西、宁夏和甘肃平凉的包围之中，属于甘肃平凉的那一部分，细若一截快要被剪断的脐带，整个庆阳就像是被别人"包了饺子"；再仔细去看，这个"饺子馅"则是以素有"天下黄土第一塬"之称的董志塬为中心的陇东黄土高原。因为黄土积淀深厚，这里是地球上黄土最厚的地方，残塬纵横，沃野千里。"八百里秦川比不上董志塬一个边边"，说的就是这块高天厚土。

庆阳，乃周先王发祥地，周祖之兴自此始也。包括庆阳在内的关中和陇东一带，是中国诗歌的源头，《诗经》里的《七月》就出于此。用古今一些典籍上的话说庆阳，就是厚重而又光亮的16个字：历史悠久，文化灿烂，地大物博，人杰地灵。

但在这里，最重要的是，庆阳是长庆油田的发祥地，今天还是长庆油田的重要产油区，石油资源量59.74亿吨，占鄂尔多斯盆地总资源量的百分之三十。长庆油田就是从庆阳走向大西安，并依靠庆阳的地气、人气和福气拔地而起。

古老而年轻的庆阳无疑是长庆人的福田。这块黄土地，最直观的看法是俯瞰长庆人那些标注油田分布的沙盘。这里，我打个比方，那些沙盘就像一块揉皱然后又摊开的桌布，而油田就星星点点地分散在那些沟壑纵横的褶皱里。面对这些微缩的沙盘，想象人的存在，像蚂蚁一样渺小。祖祖辈辈的庆阳人，如蚂蚁一样人人身上背着一粒粮食，而后来者则也像蚂蚁一样，人人身上扛着一滴石油。

在我的眼里，黄土地的这些绵延的褶皱，是地球在数亿万年前留下的一堆皱纹，如今正在缓缓地舒展开来。

20世纪70年代初，庆阳发生了两件轰动世界的大事件。一件是世界上最大的剑齿象化石"黄河古象"在合水县板桥乡破土而出，另外一件就是中国在庆阳发现大油田。发现"黄河古象"的历史情景我一直记忆犹新，因为我就出生在合水县城，小小的我也去过30公里之外的发掘现场，后来还为其写过一些文字。但是，邻县发现大油田的历史场景我就不知道了，只是后来间接地获得了它的历史消息。听老石油人讲，当"庆3井""庆1井"的石油喷薄而出之后，人们好像是听到了第一颗原子弹成功爆炸的消息那样兴奋，从四面八方拥向华池和庆阳，井架周围方圆几公里，人山人海，一片欢腾。在我的记忆里，发现"黄河古象"的现场也就是这样，山呼海啸的，场面甚是宏大。

1970年8月初，华池县、庆阳县相继喷出了石油之后，国务院、中央军委批准，由原兰州军区组织成立陕甘宁地区石油会战指挥部，进入庆阳地区开展石油开发大会战。之后，各路大军在咸阳集结，分批来到了庆阳。

指挥部最初落脚的地方，是庆阳地区宁县一个叫长庆桥的小镇，位于陕西长武、甘肃庆阳和平凉三界之间。这个小镇，本来没有名字，也没有桥，汽车过河都要靠木船摆渡。1975年，石油人在泾河上架了一座小石桥，因为连接了陕西的长武和甘肃庆阳的宁县，所以起名叫长庆桥，久而久之就成了一个地名。新中国成立20周年的国庆之际，陇东大地捷报频传，石油大军站稳了脚跟。这样，会战指挥部就需要改一个名字了。大家思谋再三，便借鉴大庆油田命名的寓意，以长庆桥这个地名命名了长庆油田。

"大庆大，长庆长"是一句意味悠长的歌谣，流淌在石油人的心中。庆者，乃欢庆也；大庆是宏大之庆，长庆为长久之庆。而长庆之长和长庆之庆又是大地所赐。

会战指挥部虽然只在长庆桥停留了不到100天，长庆桥却是长庆油田不可置疑的诞生地。今天，那条叫泾河的小河，还在"泾清渭浊"的成语故事里流淌着，而长庆桥的桥已经不再只是一座旧桥，一座现代化的高架桥从旧桥的旁边跨了过去，把陕西和甘肃两个省拉得更紧了。低矮的旧桥，虽然依旧分得清此岸和彼岸，但已经没有人来往，显得甚是多余，十分落寞。当然，因为陕西的长武坡和甘肃庆阳的宁县坡依然上去又下来，泾河依旧在以自己的方式经过旧桥。

在这个曾经繁华的石油小镇上，最有名气的还是长庆桥石油学校，因为培养输送了无数的石油人而被称为长庆油田的"桥大"或"黄埔军校"。

走进石油学校，绿树掩映，曲径通幽，环境很是舒服。在校园中央，一幢被称作"将军楼"的二层楼，虽然经年略显陈旧，却被收拾得干干净净。据说，这是当初指挥石油大会战的兰州军区副政委李虎等人办公和住宿的地方。今天，这个技校虽然已经变成了一个培训中心，但内容还是一个石油技校，校园里仍然能见到成群结队的职工学员。

真是名不虚传，走进校史馆，我才知道长庆油田的许多中坚力量最初的专业学习都是在这里进行，比如现在公司的几位主要领导。此外，我还高兴地看到了几位石油作家朋友的文学事迹介绍，比如诗人第广龙，作家程正才、和军校、张怀帆和李建学等人。原来，油田的作家诗人也是从这里起步的，那么这里也是长庆文学的摇篮哪。

出于对这个"长庆摇篮"的敬意，我在楼下一块刻有"将军楼"三个字的石头前拍了一张照。我很荣幸和长庆桥的历史面貌做一次同框。

从长庆桥走出去的石油人，遍布长庆油田。但退休后的老石油大都集中在西安、庆城和银川三个地方的"石油村"。为了挖掘当时最真实的故事，我们在走完了陇东油田、陕北油田和玉门油田之后，又马不停蹄地走进了西安长庆龙凤园。

我想看看长庆油田的本来，然后从本来回过头来再看现在。没有想到，一个有着一万多石油人的特大社区，竟然显得格外冷清，因为缺乏朝气和活力，就连院子里绿绿的植被似乎也没有了生机。不用多问，这是因为，常年生活在这里的人都是空巢老人和留守儿童，采油人都上前线去了，这里对于他们而言只是一个起点和终点的加油站。

安详当然还是有的，比如全国劳模李长全，已经84岁的人了，虽然不能出门，却活得很快活，一个重度糖尿病患者，竟然对死亡满不在乎。他的记性很好，能清楚地讲述自己的三次死里逃生：第一次，2010年10月10日，发高烧突然休克，差点死了；第二次，2017年1月1日，在洗手间摔倒在地，差点死了；第三次，2019年4月，只有这一次他忘记了是哪一天，2017年手术的后遗症引发了严重的癫痫，差点死了。一个如此豁达硬朗的人，阳气重着呢，想死阎王爷也不敢要他。李长全是武威人，老伴吴秀兰是酒泉人，二人在玉门油田结婚成家。吴秀兰只是一个家属，但同样经历了50年前那次石油大迁徙。她的故事好像比老伴多，所以当她和老伴抢着讲那一段历史时，老伴总是插不上嘴。

在社区的一个办公室里，我们见到了早已等待多时的5位每天还能出门走动的"老石油"，他们是顾金荣、张栋、胡世俊、樊廷辉和刘景生。另外，还有一位老太太，不知是谁的老伴，独自坐在后面静静地听着。显然，她只是出于好奇前来旁听的，根本不打算发言。看着几张饱经沧桑的面孔，我的心里苍凉而又沉重。必须承认，也许是年龄差距小的原因，我面对他们比面对前线上那些年轻人内心安静得多了。不过，面对这些"老石油"，我发现人是很不容易老的，尤其是内心，因为谈起过去，几个人都不显老。这让我觉得，他们尽管已经放下了石油，但还没有摆脱石油，他们还在为后代和以后的石油坚守着。在长庆油田，家属也是石油人，他们虽然奋斗了大半生，但他们仍要给上前线的儿女把后勤工作做好。

因为老人们都来自油田不同的单位或油区，所以他们的故事都是碎片化的。

谈起当年的长庆桥，83岁的顾金荣老人的记忆里充满温暖的旧时光。他回忆说，指挥部进驻长庆桥之后，加上一个机修厂和一个筹建中的技校，小镇上一下会聚了几万人，穿军装的，穿工衣的，甚至农民穿着的，来来往往，非常热闹，白天车水马龙，晚上灯火辉煌，这里竟然被一些人叫成了"小上海"呢。

83岁的胡世俊当时在指挥部党委组织组工作，对"跑步上陇东"场面上和档案中的核心事应该是最有发言权了。他说，当时上陇东很盲目，因为陇东太大，虽然发现了几口油井，但不知道啥地方是中心，不知道该把指挥部放在哪里合适，所以才在长庆桥暂时停了下来。长庆桥地方很小，工作区和生活区人挤人的，指挥部当时就借用了当地居民的一个骡马店。职工的住宿就更拥挤了，就像军营宿舍一样，每一个床铺之间只能放一只鞋；而且是男女混住，一边是男职工，一边是女职工，夜里睡觉时在过道挂一个粗布帘子就相安无事了。"桃色事件"虽然没有发生过，但磨牙放屁打呼噜的小夜曲，却是此起彼伏一直到天亮。后面来的人就住不下了，只好住进了"干打垒""地窝子"和牛羊才住的破窑洞。

大家都说，所谓的跑步上陇东，不是所有的人都跑步上了陇东，而是只有一小部分人跑步上去了。当时，陇东发现了油矿，急需一些设备和人力支援，但咸阳这边一时半刻调不出车辆，为了不耽搁会战进度，按照玉门人"有条件要上，没有条件创造条件也要上"的一贯作风，指挥部就决定派一些人步行先去陇东，于是发动各单位职工踊跃报名。大家都是复转军人，军人的本性还在，指挥部一声令下，军令如山哪。经过动员，组成了一支配备25辆架子车的拉练小分队，每辆架子车跟着5个人，装着一些小型采油设备、每个人的行李，举着一面红旗，人拉肩扛地出发了。那天是1971年6月5日。

在长庆油田的几个展馆里，我不止一次看到过这么一张珍贵的老照片：一队衣衫破烂的石油人，簇拥着几辆满载物资的架子车，拉车的，推车的，大家紧紧地团结在一起，正在吃力地爬一道山坡，走在最前面的一个人扛着一面旗帜。

这群人，无疑是"中国第一"的领跑者。"前面的路都是黑的"，这是陕甘一带农村的一句俗语。那么，不知这次征途的前景如何。

张栋老人不无自豪地说，他当时就在这支100多人的队伍之中。而且，他是第一个报名出征的，刚刚从部队下来，落后了怕人笑话。

当时，从陕西咸阳到甘肃庆阳，有300多公里的路程呢，对于汽车轮子来说不算长，但对于人的两只脚来说就不短了。那个时候的大路哇，比今天的乡村公路还要差，所有的大路其实都是黄土小路，弯子多、坑坑多；平坦的地方还好说，如果遇上翻山越岭，比如陕西的永寿梁那一大段，路窄坡陡，更是举步艰难。一路上，大家顶着烈日，迎着风，淋着雨，头上冒汗，脚下起泡。但是，大家只要嘴上吆喝着加油，心里想着石油，身上就不累不困了，信念很是坚定。而且，他们还有大部队在后面跟着呢，玉门油田的，江汉油田的，以及原兰州军区的石油人，加上刚刚招收的大批农民工，千军万马的，拿下一个油田不成问题。

在大伙的心里，最重要的是，他们还有"石油工人一声吼，地球也要抖三抖"的铁人王进喜呢。当时，全国人民都知道这样一件事：美国记者斯诺来北京访问，临走时突然问毛主席："对于当前的反华大合唱，你有什么要告诉世界的吗？"毛主席笑了笑，没有直接回答斯诺，而是幽默风趣地说："我们国家在东北新开发了一个大油田，有个钻井工人说'石油工人一声吼，地球也要抖三抖'。可不得了哇，我们一发言，世界就有人受不了。"

人们当然知道毛主席说的是哪些人。那时候，石油人相信王进喜，更相信毛主席，所以大家信心大着呢。而且，此前毛主席还说过一句"庆阳石油有希望"，每一个人都记在心里。

6月14日才结束的那一趟子急行军，饥渴和困乏都不说了，最让人刻骨铭心的是脚下起泡。不过，脚下起泡可没有把当过兵的张栋难住，他有一个在行军途中获得的对付脚下起泡的秘方呢。第三天，张栋的左脚上就起了一个泡，每挪一步都疼得钻心，但也不能停下来呀，还得继续走。到了晚上，张栋就用从部队上学来的办法对付这些泡。他拿出部队用的针线包，用针将水泡挑破，把里面的水挤出来，然后将磨起的脚皮压下去；为防止第二天再磨起水泡，他又拿出一根马尾巴上的毛，用针将其从皮下穿过去，使其留在原来的水泡之中。张栋解释，这样做的目的是，那根穿过水泡的马尾巴毛会留下两个细眼眼，第二天走路磨出来的水就会自己顺着细眼流出来，再也不会起泡了。不过，起过水泡的地方会留下"永不磨灭"的死茧，生生不息。所以，张栋自那以后一直需要修脚，腿能动时自己修，腿不能动时花钱修。

张栋的一双铁脚就是"长庆铁脚"，太普遍了。长庆铁人没有这样的铁脚功夫是走不进也走不出鄂尔多斯大盆地的，更不会跑个"中国第一"。

差点给忘了，还有一只扎了一颗钉子的铁脚呢。此前，在采油二厂采访时，宣传科科长史文光无意中说他的岳父张文海当时也在这支队伍之中，而他的岳父被一颗铁钉戳穿了脚后跟还在坚持行进。听到这件事以后，我便让其捎话，到了龙凤园我要采访他，我要听一听一颗铁钉子是怎么穿过他的骨肉而他又是怎样坚持到底的。但是，我得到的间接回复是拒绝采访，理由是他微不足道，让我采访其他人。

多么淡定的一位"老石油"，一个比铁钉子还坚硬的铁人。尽管没有见到他，但一种深深的敬意，在我的心中油然而生。

现在回想起来，那就是一条阳关大道，但是也走得很艰难哪，因为道路坎坷负荷沉重，从咸阳到庆阳马岭的300多公里路，整整走了七天七夜，像一个传说一样。

"跑步上陇东"是一幅波澜壮阔的历史画面，许多人说起这段记忆,都会用到一个词——波澜壮阔。

在5个受访的老汉中,年龄最小的是70岁的刘景生。谦让到最后才发言的他,直接绘声绘色地说起了接下来的长庆大会战。刘景生是一个卡车司机,参加过几次大会战,他所奔驰过的道路遍及长庆油区。讲到最后,老汉很是激动地用陕西话念了一首自己写的诗《红井子丰碑》:

> 磨刀石,好汉坡,长庆油田英雄多。
> 三块石头支口锅,三顶帐篷搭个窝。
> 红井子,大会战,冰与火的大考验。
> 血与汗水在飞溅,我为国家做贡献。
> 妻与儿女的思念,泪水长流实难咽。
> 铁骨铮铮男子汉,忠与孝两难全……

石油工人的诗都是这样激情澎湃。诗歌虽然不甚讲究,但感情十分饱满。还没有念完,老汉已经泣不成声,古稀的人了,那个哭相啊,让气氛一下凝重了起来,谁也不敢抬头正眼看他。刘景生不是第一个面对我的采访失声痛哭的人,却是第一个痛哭的男人,而且是一个饱经风霜的老男人。刘景生刚刚加入陕西省作协,说起这个,他的心情似乎好了许多。

看着石油作家老人,我也眼含泪花,但我没有让人看见，我害怕石油人不相信我的眼泪。

刘景生用诗歌描述的红井子大会战，就是陕继才为长庆油田奉献了一个名叫陕甘宁的石油娃的地方。1977年的那次大会战，两万多采油人组成32个钻井队和27个试油压裂队，在一个无人区，学大庆，举战旗，下战书，与深藏于大地深处的石油背水一战，谋求长庆油田的生存和发展。而他所在的运输处第13中队，先是拉着超长钻具，然后一趟趟载着其他急需的采油物资，迎着鄂尔多斯风暴，踩着毛乌素大沙漠的沙浪，穿过近100公里的风沙区支援红井子……

这次大会战，不仅让油田实现了一次历史性的大转折，还让油田在两年之后诞生了一个新生代——一个叫陕甘宁的采油女娃。

车轮子下面的长庆与脚底下的长庆不一样，张栋们是徒步跋涉而来，而刘景生们是一路奔腾。

离开长庆桥之后，长庆铁军在庆阳老区人民的热情欢迎和倾力支持下，长驱直入，由庆阳又向陕北和宁夏扩张，在陕甘宁遍地开花，连续进行大会战，先后开展了红井子大会战、马岭大会战、安塞大会战，并经过多次重大转折，翻过十八弯，越过虎狼峁，登上好汉坡，最后崛起于鄂尔多斯大盆地，成为世界石油勘探领域的一座高峰。

之所以说长庆人挑战石油是一场艰苦卓绝的能源之战，是因为其战场在一个极其恶劣的自然环境里。地处鄂尔多斯大盆地的长庆油田，部落分布比较分散，生活在银川和西安的人都要去陕北和陇东上班，生产区与生活区之间十分遥远。这一特殊情况表明，长庆油田在资源储量、道路交通和生活条件方面，在国内油田之中都处于劣势。所以，中国石油人有这样一个说法："大庆的油，中原的路，胜利的楼，长庆的人。"这句话的意思是，在与石油艰苦卓绝的战斗中，创造性继承、创新性发展的长庆人更具有战斗力。

一直以来，社会上不了解长庆油田的人，都说长庆油田像军队，其实长庆油田从一开始就是一个准军事化的石油部队。而且，多少年来，每一年都有大量的复转军人进入，不断为长庆油田补充新鲜的军人血液。

当初，不知谁给石油工业命的名。长庆之初，当时的主导单位就是原兰州军区的"石油师"，其全称就是陕甘宁地区石油开发指挥部，加上大批的复转军人，自然而然就形成了一支特殊的传承军旅文化的石油队伍。《长庆石油报》的许多读者可能都记得，这份30年前的报纸叫《长庆战报》。直到今天，"指挥部"的建制还存在于前线，大家去生产第一线还习惯叫"上前线"，职工彼此经常也以"战友"互称，"一切行动听指挥"的军令还在。而且，这支部队从开发玉门到从玉门出发，就是南征北战、战天斗地，从背水一战到"招之即来，来之能战，战之能胜"，直至战果辉煌。

1979年5月21日，兼任兰州军区政委和中共甘肃省委书记的开国上将萧华，在视察了长庆油田之后，诗兴大发，欣然写下一首《驱车陕甘访长庆》：

驱车陕甘访长庆，石油酬国识英雄。
陇上人歌动地诗，边区高标创业情。
入夜钻机鸣远山，信是铁人呐喊声。
当年延长一涓流，汇成浩荡石油军。

萧华的这次视察犹如一次石油军会战的大阅兵。所见所闻，诗人将军焉能不识长庆石油英雄？

可以说，50年的长庆石油之战，是一场新中国成立后中国人民为了改变命运战天斗地而延续至今的大决战。

战石油，必然有战狼甚至战神。昔日，那些吼一声地球也要抖三抖的王铁人们，肯定是玉门油田和大庆油田的战狼，但时代不同了，石油赋予了石油战狼们新的含义。长庆人自信地说，过去王铁人跳到泥水里的事，今天的长庆人都能做到。不仅如此，今天高科技的油田开采，需要的是战神级的科技铁人，而这是昔日的战狼们不能想象和比拟的。知道现代化的石油开采到什么程度了吗，用长庆职工的话简单地说：过去打一口井要换几十个钻头，而今天打一口井一个钻头就够了；在数字化建设方面，油田已经达到百分之九十六，而气田已经全面覆盖；致密油气田的"超低渗透"开采技术已经达到世界领先水平；无人机和机器人已经开始进入油田巡井，而"智能型铁人"在未来又会走进智能型油田。

在长庆油田，未来是一个并不久远的时间概念，也许只有三四年。

科技是第一生产力。光有军纪和勇气还是远远不够的。俗话说"没有金刚钻，就揽不下瓷器活"。在"磨刀石"上采集石油，必须具备比"磨刀石"还坚硬的"金刚钻"。在号称长庆"智囊三院"的研究院、设计院和工艺院，聚集着一大批科技精英在为长庆攻坚克难，他们集工程、物探、地质、机械和环境等石油科学于一炉，锻造着长庆人的"金刚钻"，进行着一场"磨刀石上的革命"。长庆科技人很自豪，长庆低渗透工程实验室，是国内最早研究致密油田的实验室，也是国内该领域目前唯一的国家级实验室，乃"三院"中的"心脏"，为长庆油田立下汗马功劳。而数字化工作室，则是长庆油田的"千里眼"和"顺风耳"，坚守一隅，决胜于千里之外。

这里仅以研究院测录室为例。这是一支让人十分感动的队伍。近几年，长庆每年要增加8000多口井，而研究院测录室只有30来号人，在人少活多的情况下，这支科技铁军一个人干着四个人的活，因为是工厂化的科研，他们从实验室到前线，再从前线回到实验室，一个个累得精疲力竭；他们上班遵循的是白天加黑夜、每周五天再加周末两天的"白加黑，五加二"的时间公式。因为恶劣环境等因素，2010年到2019年8月，研究院有7名职工因癌症、脑出血等疾病以及公差车祸而离开这个世界。

"三院"里的科技工作者如此，"三院"以外的技术员也是这样。采油一厂的80后张洪军这样说他们这些人："费灯泡、掉头发、尿黄尿、省老婆。"一般来说，一个年产300万吨的采油厂最少需要一个200人的科技团队，但他们采油一厂只有60多人。

张洪军到地质研究所上班的第一天，进了所长靳文奇的房子，发现所长已经三天没有睡觉，里面那个乱得呀，就像一个战场。他进来的时候，早上没有吃东西的所长正好饿了，叫他去买小笼包。他问所长为啥早上不吃一点，所长说，手里的活太多，熬夜的第二天不敢吃东西，因为一吃东西就会打瞌睡，不能继续工作了。

工作了一段时间之后，张洪军发现，大家加班是常态，不加班就不正常。而且，加班绝对不是为了几个加班费，因为加班不加班区别不大。真实的情况是，每一个人都想着往前走，你后退的话就不正常，不但影响单位，还影响家里人。有一次,他和妻子吵架,7岁的儿子站出来批评他妈妈:"我爸爸经常加班,你还和爸爸吵架?"

大部分人都在坚守。在这些"上山背馒头,下山背石头"的人当中,我记住了一个响亮的名字:"石头人"张文正。被称作"石头人"的张文正,是中国石油首批跨世纪学术技术带头人和长庆油田有机地球化学学科带头人,对油田的贡献有目共睹。这个"带头人"说,与"磨刀石"打交道需要比石头更硬的"石头人"。没有想到,他的这个关于磨刀石的比喻,成了他自己的外号。张文正面对"磨刀石"很坚硬,面对奖金更是坚硬。多次,他像一块石头一样,坚决把完全属于自己的科研奖金退回单位做科研经费。其实,"石头人"张文正就是一个"金刚钻"。

油田公司技术专家包洪平,我虽然没有见上,但大家说到他的事迹时,却让我很是感动。其实,他们的故事都是一样的,他们都是"金刚钻"。

看来,在长庆油田,里里外外上上下下都是铁人哪。长庆人做得好说得也好:"选择了石油,就是选择了奉献,无怨无悔。"

采访途中,我问同行的长庆油田宣传部副部长李强,在长庆油田哪个单位最重要,李强的回答是:"哪个单位都重要。"的确,长庆石油人就像一支军队,上前线的,干后勤的,守油井的,钻科研的,做保卫的,搞宣传的,坐办公室的，需要冲锋陷阵的时候，军号一响，万马奔腾，根本没有孰轻孰重。甚至，即使是日常，大家都是一种备战状态。

　　油田似军营，长庆有军魂。那么，在今天的石油鏖战中，这支特殊的科技铁军无疑也是长庆油田的战神。

第四章　十八个地火部落及其战神

一些人来了
又走了

一些人来了
又走了

一些人来了
又走了

一些人来了
留下了

这是一首采油人写的石油诗，在油田上很有影响呢。诗很忧伤，但大家都很喜欢。作者是一个写诗的高手，但谁也不知道作者是谁。

在这首诗中，第一批走了的人是找井的人，第二批走了的人是打井的人，第三批走了的人是试井的人，最后留下来的人就是采油人。

下面，我要讲的就是三代采油人的青春史。

一个年产5000万吨的石油巨人必然有一个支撑他成长的地火部落。本来，长庆油田只有3个采油厂，1997年油气并举之后，又诞生了9个采油厂和6个采气厂，一跃成为中国第一采气大户。12个采油厂，全称统一以序号谓之，如"中国石油长庆油田公司第一采油厂"，简称"采油一厂"。6个采气厂亦然。而且，在厂建制之下，还设有作业区，区之下又有工作站和工作室。

此外，长庆还有3个输油处、3个科研单位和一个长庆实业集团，以及长北作业分公司、苏里格南作业分公司、储气库管理处、销售处、水电厂、机械厂、物资供应、通信和4个工业服务处等近60个单位。

这就是长庆油田18个地火部落，我们的石油战神就在这些部落之中。想看清这个巨大的部落群全貌，必须凭借一幅鄂尔多斯大盆地的地形图，否则只能是盲人摸象。

在长庆油田的采油家族里，采油一厂、采油二厂和采油三厂是长庆油田陇东会战后诞生的"三胞胎"。其中，老大守在陕北延安，老二留在甘肃庆阳，老三则在宁夏银川。后来，在这3个兄弟周围又先后诞生了其他采油兄弟。今天的布局是，老大仍然独霸延安，老四到了靖边，老五、老六和老八到了定边；而在老二的庆阳地盘上又陆续诞生了老七、老十、老十一和老十二。老三身边则只有老九了。

长庆油田的采气家族只有6个成员，老大在陕西靖边，老二在陕西榆林，老三、老四和老五在内蒙古乌审旗，而老六在定边。

以上这12个采油兄弟和6个采气兄弟的排序，都是根据它们的诞生时间而来，年龄大小，一目了然。与种地的农民一样，18个兄弟都有自己的责任田——油田或气田。

其划分如下：

采油一厂，经营安塞油田；

采油二厂，经营西峰油田、南梁油田和马岭油田；

采油三厂，经营靖安油田；

采油四厂，经营绥靖油田；

采油五厂，经营姬塬油田；

采油六厂，经营胡尖山油田；

采油七厂，经营环江油田和白豹油田；

采油八厂和九厂，经营定边、吴起、志丹一带的部分区块；

采油十厂，经营华庆油田；

采油十一厂，经营镇北、演武、彭阳油田；

采油十二厂，经营合水油田；

采气一厂，经营靖边气田，苏里格也有一部分；

采气二厂，经营榆林气田、米脂气田、子洲气田；

采气三厂、采气四厂和采气五厂共享苏里格气田；

采气六厂经营定边、靖边、吴起、志丹、安塞部分区块。

要想了解石油巨人长庆油田，必须走进这个神秘的地火部落群。

革命圣地延安，原陕甘宁革命根据地政府所在地，新中国的大摇篮。在中国石油史中，延安是中国陆上最早发现油矿的地方。1907年4月26日，清政府在一个日本石油技师的帮助下，在1000年前沈括写下《石油诗》的地方——延长县城打出了一口油井，这就是揭开中国石油史的"延一井"。清朝覆于民国之后，"延一井"及其后面所钻之井自然归入民国政府。到了1936年，延长油井又归陕甘宁政府所有。隶属边区政府的延长石油厂，先后打出的25口油井成为"功臣油矿"，为抗日战争输送了不尽的血液。当年，延长石油厂厂长陈振夏因此而被评为边区特等劳动模范，毛主席还为其题写了"埋头苦干"四个字。这是毛主席为中国石油人第一次也是唯一一次题词，油墨芬芳，弥足珍贵。

一段时期以来,延安地区的石油储量十分丰富。20世纪80年代初,我第一次去延安时,就看见宝塔山的崖缝里有黑乎乎的油渍渗出。印象太深了,那是我第一次看见"悯悯而出"的石油。而且,在崖壁上的一片油渍之中,我还看见了后人为称颂范仲淹而题刻的"先忧后乐"四个大字。

长庆石油人也知道,"先忧后乐"的范仲淹因为庆阳而留下了许多千古名篇,脍炙人口的《岳阳楼记》就是其中之一。

宋仁宗庆历元年(1041)至庆历三年(1043),范仲淹知庆州。1042年,筑大顺城之后,范仲淹作《渔家傲》:

> 塞下秋来风景异,
> 衡阳燕去无留意。
> 四面边声连角起。
> 千嶂里,
> 长烟落日孤城闭。
> 浊酒一杯家万里,
> 燕然未勒归无计,
> 羌笛悠悠霜满地。
> 人不寐,
> 将军白发征夫泪。

时为边关的庆州，战事停歇，孤城紧闭，秋风飒飒。忧国忧民的诗人内心一片苍茫，举起一碗浊酒一饮而尽，借以慰藉怀乡之情。

1043年，范仲淹奉调返京，遂举荐同举进士滕子京"充天章阁待制、环庆路经略安抚招讨使兼知庆州"。1044年，范仲淹应与自己先后在庆阳戍边的滕子京之邀写下了旷世名篇《岳阳楼记》，以"先天下之忧而忧，后天下之乐而乐"的民本精神而共勉。

长庆人同样是从教科书里就开始接受范仲淹的"天下"思想。石油人当然也知道，当时范仲淹的大顺城里就给来犯的西夏人准备着充足的油气弹——"猛火油"。

毛泽东主席的"埋头苦干"和范仲淹的"先忧后乐"无疑也是长庆石油人刻骨铭心的座右铭。

中国陆上开发最早的特低渗透亿吨级整装油田——安塞油田的发现和建设，加快了延安地区油田春天的复苏。1983年，经过一个漫长的徘徊期，随着"塞·井"的发现，安塞油田惊天动地地全面开发。27年后的2010年，安塞油田以原油年产量跨过300万吨的业绩跻身全国十大采油厂队列。也就是从这个时候，由开发初期"三大技术系列八项配套技术"发展为"五大技术系列二十四项配套技术"的"安塞模式"采油法，在中国油田横空出世。

这个奇迹的创造，是因为当初一群石油好汉累死累活拼命爬上了一个好汉坡。一些长庆人说，凡是羊能走的路，长庆人就能走，但好汉坡上的路羊是不能走的。

面对已经铺上台阶被整修成油田旅游景点的好汉坡，人们无法想象当初那些好汉是怎样爬上去的，更不能理解那些好汉为什么要爬到那么高的地方去采油，难道把井口挪到山下不行吗？这些问题只能去问可爱又可憎的石油。

这个问题我已经知道了答案，那么就让我来告诉你：不论在地球上哪一个地方，在什么地方采油是石油说了算，怎么采油才是石油人说了算。在长庆油田的好汉坡，是石油让石油人把井打到了高高的山顶上，是石油把采油人叫了上去——石油就是想看看长庆石油人是孬种还是好汉。问题就这么简单！

不仅仅是采油一厂的人能爬上好汉坡，十八个油气兄弟姊妹都能爬上好汉坡；不是只有采油一厂的人是好汉，十八个油气兄弟姊妹都是好汉。

好汉坡上留下了长庆油田崛起的非凡脚力，当然也留下了长庆石油人的汗水、泪水，甚至血水。好汉坡是长庆采油人经受考验的标志，也是长庆油田骄傲的象征。

安塞还有与石油相匹配的文化。具有2000多年历史的安塞腰鼓闻名天下。安塞油田人也是挎着腰鼓边走边打的打鼓人。去安塞油田必须听一听安塞腰鼓。走在安塞，在我的心里，激越的安塞腰鼓犹如在呼喊黄土深处沉睡的石油。

在历史长河中，地连着地的陕北与陇东经脉相连。采油二厂机关本来驻扎在今天的庆城县马岭镇，长庆石油勘探局机关搬走后就搬到了庆城县城原来的局机关大院。

这个黄土大院可不一般，战争年代曾是王维舟的三八五旅指挥部驻地，新中国成立后曾是庆阳县委县政府驻地，20世纪70年代初长庆油田来了以后地方上就让了出来，供原兰州军区的将军们办公。今天，大院的最前面是勘探局在80年代建的一幢四层办公楼，也就是采油二厂今天的机关。在这幢楼的后面是一栋三层旧楼，楼前立一石碑，上刻"将军楼"三字。此楼当然是长庆桥石油人"将军楼"的延伸部分。但是，这还不是大院的精华部分，长庆人原来依靠城墙而挖的9孔坐北朝南的窑洞才是，它们至今保存完好，谓之"创业窑"。听说，两任长庆油田领导都在其中的一孔窑洞里办公。

人类文明就起源于洞穴，比如山顶洞人。而窑洞是人造洞穴，是有文明内涵的洞穴。长庆人从陇东到陕北都是在窑洞之中运筹帷幄，所以石油人也是窑洞人。庆阳的黄土积淀为世界之最，窑洞当然也不赖，冬暖夏凉，经济实惠。庆阳人20世纪90年代就开始告别窑洞，许多窑洞已经废弃，坍塌之后又归于黄土。

今天的庆城县就是过去的庆阳县。庆阳县就是我的父亲曾经给油田打工和我捡废铜的地方。采油二厂所属的马岭油田、西峰油田和南梁油田，分别守在今天庆阳县的马岭镇、庆阳市府所在地西峰区和华池县南梁镇。从地形上说，马岭油田在川里，西峰油田在塬上，而南梁油田在山里。不过，黄土残塬地形特别复杂，川连着川，川又连着山和沟；沟上面是塬，塬下面有沟和山，山下面是沟和川。所以，除了油田机关所在地，油田生产区和农民的麦田一样，都开拓在黄土的褶皱里，峁、梁、畔、岭、咀等比塬山川更为细致的地形中都有油井存在。而油田比麦田更显荒凉。

"只有荒凉的环境，没有荒凉的人生。"这也是长庆人挂在嘴上记在心里的一句话。50年中，长庆人正是在一片巨大的荒凉里，广植"采油树"，培育油气田，透支着自己的青春岁月。其实，地上的荒凉，意味着地下资源的丰富。地下的宝藏不以今天地上的行政区域划分而分布。这不是石油人的主观感觉，而是自然规律，是石油人的科学认知。

1970年。马岭镇董家滩。9月26日，马岭油田的"庆一井"就诞生于陇东会战初期的荒凉之中。从几幅老照片里，我们能看到当时的情景：一股石油喷涌而出直上云天，而油井被人们围得水泄不通，石油工人欢呼雀跃。毛主席在千里之外的北京闻讯后高兴地说了一句"庆阳石油有希望"。被誉为"油仓"的"庆一井"是马岭油田的处女井，是长庆油田的第一口功勋井，正是它的发现才让长庆油田吃下了一颗定心丸，在庆阳扎下根继续建设大油田。所以，在长庆油田

50年的历史中，作为长庆精神的象征，"庆一井"占有重要位置。

然而，自从采油二厂机关搬走以后，如今的马岭镇已经是人去楼空，一片寥落。采油人走了，采油人的家属走了，学校空了，街道上好多店铺空了……在今天的马岭镇，对马岭油田的记忆只剩下一块刻着"庆一井"三个字的小石碑，长庆人只留下一个象征性的磕头机守护着它；磕头机当然也不再像往日那样虔诚地叩求大地，而是每天无精打采地默立。

采访中，我们听到一个温暖的消息：庆阳县委县政府决定在马岭镇建一个石油遗址公园。这可以算是长庆人一个不错的精神慰藉。

出庆城县城北去百余里是华池县，而华池县城离南梁镇还有40多公里路呢。南梁油田与马岭油田同岁，发现和开采也始于20世纪70年代初。但是，因为地质认知和勘探技术落后，南梁油田在前40年的发展中一直很缓慢，在长庆油田50年的历史进程落了下来，直到2013年才有了一些突破，实现四年"十一跳"，达到年产50万吨，最终没有拖长庆崛起的后腿。

庆城县城南去30公里就是西峰区。油气总资源量超过10亿吨的西峰油田，是目前甘肃境内最大的整装油田，这一成绩奠定了西峰油田在长庆油田陇东区块的霸主地位。而且，西峰油田的开发改变了国内"南油北气"的格局,意义十分重大。

其实,西峰发现大油田是意料之中的事情。西峰区就在地球上黄土积淀最厚的地方董志塬,亿万年堆积起来的黄土下难道还不埋藏着一些宝藏?

民间一直流传的"八百里秦川比不上董志塬一个边边"之说,不是一个预感,就是一种暗示,它可能直指埋藏在下面的黑金石油。

西峰油田所在的西峰区就是庆阳市政府所在地。我在西峰工作的那8年,西峰还没有发现油田,与长庆油田的公私交往都是在庆阳县的事情。庞然大物一样的采油二厂西峰油田指挥部安扎在西峰之后,才让西峰半个城有了一个石油城的色彩和味道。

在西峰油田,我参观了亚洲最大的岩芯档案馆,通过一个超级显微镜,我看到了数亿年前的矿石标本,那些魔幻一般的岩石纹理,让我惊叹不已,如果石油真的是古生物的造化,那么我相信那些杰作就是古生灵亲笔绘就。这些岩芯,让我看到了人类遥远的本来。

陕北很壮美,但也很粗犷。一路上,虽然不止我一个人,但因为感到自己在大自然面前很渺小,所以内心也是很孤独的,尤其是处于当地的"土特产"大风热情而狂野的拥抱之中。

"一年刮两次风,一次刮半年。"

"早上出门,头发四六分,中午出门五五分,下午出门三七分。"

"安塞油田苦不苦,一天能吃四两土;白天吃不够,晚上还得补。"

这些风,我是不止一次体验过的,吹在脸上,像刀子划过一样。从环县到陕北,所到之处,大家说得最多的好像就是风,但那口气,不知道是在夸赞风,还是在埋怨风。

一路上,我都在不由自主地想一个问题:如果我是石油工人,也被长庆油田放在这样的环境里,我会是什么样子呢?说实话,我想象不来。

采油三厂的靖安油田我去了,采油四厂的绥靖油田我也去了,工人们都在极其艰苦的环境里埋头苦干,都在为石油而战。采油八厂、采油九厂、采油十厂和采油十一厂,为服务性转型采油企业,分到手的油田都是"下脚料",我也去了,他们似乎更艰辛更紧迫,战斗力更强。

在定边和靖安的一个采访场合,我发现受访的总人数还不到20人,而戴口罩的人竟然有五六个。一开始,我以为大家都是感冒了,戴口罩是防流感,但我一问才知道不是感冒,而是一种植物过敏引起的症状,轻的流鼻涕、流眼泪,重的则会患上哮喘。原来,为了防止土地沙化,前些年国家机播了大量的植物种子,其中一种叫沙蒿的沙生植物,经过多年的繁衍生长，面积越来越大，每年在7、8、9月开花的旺盛季节，就会引发过敏性鼻炎等多种疾病。这种植物根茎坚韧，生命力极强，种子一落地就会疯长。后来，虽然停止了机播，却已是难以斩草除根了。工人们说，每一年的过敏率达到百分之二十。这一情况，已经发现多年了，但谁都无能为力，石油人只能被动地接受现实。

石油工业的生产环境，如果分地下环境和地上环境两个，那么地下环境考验的是石油人的智慧，而地上环境则是磨砺石油人的意志。在定边和靖边，正在发生的沙蒿引起的过敏性疾病令我心忧，但同时石油人面对恶劣环境的精神也让我敬佩不已。去年秋天的一天，神木作业区有一个叫张豹的员工，突然得了急性哮喘，病情很严重。职工们知道后，第一时间采取了紧急施救措施，单位随后还把他的工作岗位调到了县城附近，使其病情得到了缓解。张豹对这件事一直感恩于心，似乎亏欠谁个什么的，经常利用休息时间回来看望曾经给予自己帮助的战友。他说的最多的一句话就是一句掏心窝子的表白：如果不是身体的原因，我绝对不会当逃兵。

从对职工的感情上来说，长庆油田是不会让一个石油人倒在油田的。

长庆人提出了"人文油田"的概念。石油人太需要人文精神关怀了。采访中，看见"人文油田"这四个字，让人心里暖暖的。我想，如果油田都建成"人文油田"，那就是石油人最大的福祉。

姬塬油田在榆林。采油五厂指挥部在榆林一个叫姬塬的地方，油田因此而得名。采油五厂的姬塬油田也有一个中国第一。在过去10年中，中国唯一累计探明石油储量超过10亿吨的油田就是姬塬油田，而成就这个奇迹的是以苦干、速度和高科技取胜的"姬塬模式"。

不过，在姬塬油田，让我怦然心动的是一个醒目的"人文油田"口号。而且，在这里我不但看到了"人文精神"的口号，还看到了"人文精神"的实质。指挥部的院子很大，绿化面积也不小，绿草如茵，绿树成荫，道路全部硬化，健身设施齐全，还有一个中型硅胶足球场呢。正值假期，因为办公区与生活区融在一体，除了足球场和花园草地高高低低的栅栏而外，院子里没有一处隔挡和死角，工人们带着孩子在院子里自由地玩耍。在后院，我看见一棵被命名为"姬塬古榆"的大榆树，树身不高，但树冠很大，像一把巨大的树伞，满树沧桑。低头钻进树下，更有发现，只见一个粗壮的干枝形如一条龙，从枝叶间探出头来，甚是玄幻奇特。听宣传科科长贾微说，这棵树在石油人来之前就站在这里，而长庆油田重组时，十几个人曾经在树下办过公呢。后来，建设指挥部时，看它珍贵就把它留了下来，并起名"旺油树"。生活区开始建设后，又在树下安放了几个木质条凳，供职工和家属休闲纳凉。树下的确是一个清凉所在，骄阳全部被树冠揽了去，清风徐徐而来，很是舒服惬意。我再也不忍离去，便邀请几位石油工人在树下讲起了采油的故事。

"姬塬古榆"不是一棵一般的树，这棵树很有"人文精神"，因为石油人留下的不只是一棵老榆树，石油人更给自己留下了文化之根，以及一团铺天盖地的浓荫。

我最关心的，是这面"人文精神"的大旗是否能扛到底，所以我想采访一下厂领导。但是，遗憾得很，一打听人不在前线指挥部。走到采油六厂，听该厂曾经在采油十一厂工作过的党委书记潘增耀说，采油五厂厂长朱广社已经换岗，取而代之的是还没有上任的采油十一厂厂长马立军。在18个油气厂的领导中，马立军是我此前唯一认识的朋友。对其印象是颇有想法，很有魄力，而且一腔人文情怀。我相信马立军会接力也能接力"人文"下去。

国庆前，一场"我与五厂同发展，我与祖国共奋进"的主题演讲在采油五厂举行，似乎想告诉世界什么。

这样一些正在萌动的"人文油田"，不仅仅是姬塬油田一家，采访中我发现精神抖擞的18个油气厂，个个精神都很"人文"。

到了陕北高原，我感到天地就是高远，地高，地上面的天更高，人就像天地之间一个似有似无的存在。听说长庆油田的海拔最高处就在姬塬油田的地界里，我突然来了兴趣，那就去吧，再远也要去，这可是"中国第一"长跑的终点站。路况不是太好，但因为是在高原上，道路都很平坦舒展，坐在车上一直能看着起伏苍茫的高原地貌，而且头顶蓝蓝的天空像洗过的一样，白白的云朵也像洗过的一样，让人不觉坐车的辛苦。40多分钟之后，我们就登上了长庆油田的最高处——海拔1850米的马家山东采油作业区93-91井组。

站在高处，最舒心的就是眺望，但极目之处我没有获得一种心旷神怡的快感，所见没有人烟，只有纵横的沟壑，无边的荒凉让人心焦。这就是长庆石油人的前线，没有战火硝烟却有战斗的前线。

收回目光，听了三位驻守"战士"不平凡的故事，我更是感慨不已。我告诉他们，这里的海拔不只是1850米，还应该在这个海拔的基础上加上你们三个人身高的总和，而这个身高总和还是你们精神的身高总和。我记住了三个工人的名字——张五锋、张怀允和夏宝明。

其实，在我看来，这还不够，长庆油田的精神海拔，不仅仅是在1850米的基础上加上三个护井工人精神身高的总和，还应该加上长庆油田7万多工人精神身高的总和。如此，长庆油田的海拔究竟有多高，恐怕谁也不知道，谁也算不出来。在长庆的最高处，我感到崛起的长庆油田力拔山兮气盖世。

在六个"一鼓作气"的采气厂中，采气一厂当然也是一个不可忽视的石油高地。作为中国第一大天然气田，采气一厂在中国石油战略格局中有着举足轻重的位置。在国内石油的竞争进程中，长庆油田就是在这个"中国一气"的支撑下，一跃超过了大庆油田，成为"中国第一"。

长庆的气的确"争气"，可谓"气吞山河"。西气东输之后，以榆林输气厂为中心的长庆气区就成了一个不大不小的国家重地，每天不间断地给北京、上海、天津、西安、银川和呼和浩特等40个大中城市输送着天然气，不仅关乎千家万户的日常生活，而且关系到一些国家重大活动的能源安全。尤其是进入10月后的用气高峰期，安全就是头等大事。比如榆林气田的一个站，产量最高的一个气井每天可以产20万立方米气，如果停产一小时，就会损失8300立方米天然气，这意味着1.6万户人要停灶一天，1000多辆出租车加不上气。

第一采气厂，20年前我来过一次，这次采访是旧地重游，所以倍感亲切。一进采气一厂，一阵阵强劲的音乐激动人心。一打听，晚上有一场庆祝新中国成立70周年职工文艺晚会演出，现在正在进行最后排练。吃罢晚饭，在厂领导的盛情邀请之下，我们一同观看了节目。长庆油田职工的文艺表演水平是很高的，从基层业余团队到长庆艺术团，在油田内外都有不错的名声。而长庆艺术团更是声名远播，多次代表中国石油出访俄罗斯、缅甸、苏丹和奥地利等国家。几天前，应外交部的邀请，长庆艺术团还代表国家赴匈牙利参加了中匈建交70周年庆祝晚会演出，为长庆赢得很大的荣誉。看来，长庆的硬实力很硬，软实力也不软哪。

青春活泼，内容精彩，采气一厂的演出鼓舞人心。演出前，在李强和厂领导讲话之后，我上台朗诵了一首题为《我是一个铁匠打造的》的诗。这首诗是我写给曾经在油田打工的父亲的，我之所以选择朗诵它，是想同时表达对父亲和石油人的敬意。因为这首诗就在我新出的童诗绘本《童年书》中，我提前在上面签了名。读完诗歌后，我大声说，哪个孩子将来想当诗人，我现在就把这本书送给他。结果，我的话音刚落地，一个七八岁的小男孩像孙悟空一样从台下奋勇爬上了舞台。给他书之前，我蹲下身子问他，你将来是不是想当一个诗人，他使劲地点了点头，然后一把从我的手中拿走书，又像孙悟空一样跳下舞台，钻进了母亲的怀抱。

很长时间，我都在心里感谢着这个勇敢的小男孩，因为他为我和他赢得了满场的喝彩。一个多么可爱的石油娃，当时我竟然忘了问他的名字。不过，我祝愿他将来既采油又写诗，做一个像李季那样响当当的石油诗人。

位于内蒙古乌审旗的苏里格气田令人向往。在内蒙古地图上，苏里格本来是一个连名字都没有的小地方，因为找到了大气田而一举成名，突然从地图上站了起来，让自己的气田在地球上有了海拔。苏里格解决了一个世界性开采难题，即在地质构造先天性复杂的条件下，让天然气从4300米的地下喷薄而出。而且，苏里格气田的数字化建设是国内最先进的。

苏里格过去虽然没有名，却出过一个名人——歌手腾格尔。苏里格在乌审旗，而苏里格紧邻腾格尔的家乡鄂托克旗的一个村子。中国的油气田是不按照行政区划分界的，腾格尔家门口就有苏里格气田的一口井，腾格尔当然就是石油的苏里格人。十几年前，长庆油田修通了腾格尔家门口一条路，腾格尔还回家给油田人唱过几首歌呢。

腾格尔是我喜欢的歌手。离开苏里格气田的前一天，我欣然接受了当地一位朋友的私人邀请，去了郊区的一个"牧家乐"毡房，尽情享受了一番苏里格气田赖以生存的草原文化——腾格尔家乡的美食和牧歌。那天，我彻底醉了，因为美酒，因为美食，因为歌声，当然还有石油人。

这个毡房的门前也有苏里格气田的一口井，那家蒙古族人像守护自己家的水井一样守护着它。

长庆油田的18个油气厂，是一个英雄的地火部落，他们为祖国献石油献青春而战石油的故事三天三夜讲不完。所以，我想就此打住，下面我要开始讲石油战狼战神的故事。

井区、井站和工作室是油田的血细胞，为油田的大动脉输送着石油血液，没有它们长庆油田就不会存在。

采油人每天的工作其实很细碎，就像地层深处的石油，细碎得看不见。采油十厂的华庆油田关11增压站，是亚洲陆上最大的采油平台，共有74口油水井，其中注水井8口，油井66口。其任务是原油集输，即每天将单井或组井的原油汇集起来，进行油气分离，然后把油气分别输送到下一个站。这个站上驻守着6个人，分别是常驻本站的井区长雷世俊、站长李春鹏和赵军、崔磊、武帅、刘宏君四位职工。虽然工作细碎简单，却是一个高危工种，而且井区面积大，巡井十分辛苦。雷世俊和李春鹏每天的日程是这样安排的：6点40分起床，随便吃一点东西后巡查本站和井场，逐一检查水泵、抽油机、加热炉、输油泵和循环泵是否正常运行；7点30分召开班前会，安排一天的本职工作，进行安全提示，传达上面工作，交代管线巡护；8点出车巡查其他站，包括60个井场，其中最近的站7公里，最远的站15公里。此外，每周还要巡查一次一条10公里长的石油管线。

站虽小，人却不小。井区长雷世俊说，最大的信仰是做一名合格的采油工，专业技能过硬，道德品质过硬，而且必须有奉献精神和大局意识。

平常吗，平常；辛苦吗，绝对辛苦，平常而又辛苦。不平常，不是石油；不辛苦，不是石油人。但是，环境在塑造人，况且，长庆油田还有一块磨砺石油人的"磨刀石"呢。

也就是在这样平常而又辛苦的荒山野岭之中，诞生了长庆油田大大小小的战狼战神。

采油十厂有一个杨义兴创新工作室，这个杨义兴是一个人人皆知的"油田神医"。主人不在单位,但我参观了他的工作室。在油田,一个修井工像一个医生一样,负责着油井的"健康"问题,因此修井工被称作"油田医生"。近几年来,杨义兴从革新"手术"工具到"临床手术"实践,又从"临床手术"实践到"手术"工具革新,研发了30余种新"手术刀",形成了捞、磨、钻、铣、套等120余种实用化、配套化和系列化的特色"手术刀",突破了5项特殊技术,破解了4项技术瓶颈,解决了1230多口油井大修的疑难杂症。

一口井就像一个人的肠胃,是不能落进任何杂物的,如果发生此类情况,轻则停产修理,重则报废填埋,造成的经济损失可想而知。这样的大事故,杨义兴就面对过一次。2011年腊月,6组重达3.5吨、共234米长的射孔枪意外落进了一口1260米深的水平井。消息传来,杨义兴所在的修理队临危受命,前往打捞作业。当时,水平井在油田大修上还存在一定的技术短板和盲区。所以,杨义兴在无技术标准、无经验借鉴和无打捞工具的"三无"情况之下,一边在现场研发改进打捞工具,一边摸索实施打捞。经过30多天的苦战,他创新工具16件,打捞100多次,终于将6组射孔枪一一从1260米的水平段取了出来,使一口可能报废的水平井起死回生,直接挽回经济损失1600多万元。杨义兴的这项"临床技术",填补了长庆油田水平井复杂大修打捞作业的空白。

杨义兴的"油田神医"美称就是这样来的。杨义兴一句青春四射的口头禅"越奋斗越幸福",已经成为采油十厂职工的行动口号。杨义兴厉害吧,他只是一个自学成才的普通修理工。

数字化建设是一次技术革命,它不但彻底解放了那些看井的一线工人,还使油田的智能化建设跨上了快车道。

在长庆油田,有两个以员工名字命名的数字化示范站,一个是采油一厂的郭秀玲站,一个是采油十厂的刘玲玲站。郭秀玲站我没有去成,但刘玲玲站我去了。一个什么样的人,被放在一个非常重要的数字化示范站上示范呢?

听起来,刘玲玲的名字像一个迎风而鸣的铜铃一样好听,而且是玉做的风铃。从一个普通的工人到一个技术精湛的焊工,再从一个技术精湛的焊工到一个以自己的名字命名的示范站站长,刘玲玲不知经历了多少难言的艰辛。当然,她不是奔着当站长来的,是生活把她逼到了石油前线。她是油二代,父亲是一个修理工,为了有一个靠得住的饭碗,刚进入油田时,父亲给她选择了这样一个技术活。这样,一个工种就决定了她的人生,她后来选择的爱人也是一个焊工。

刘玲玲站标准很高,刚来的年轻人,尤其是新来的大学生,在这里培训后才能走上各自的岗位。采访刘玲玲时,她只是说自己很普通很平常,只是做好了自己应该做的事情,或者只是比别人做得多一点。我不了解刘玲玲,但青年职工郭钊三言两语概括了刘玲玲：参加工作时，女站长很少见，她雷厉风行，很泼辣，该骂就骂，该收拾就收拾，但在他心情低落的时候，她又很关心他，经常给他送吃的，无微不至。

刘玲玲获得了许多荣誉，国家的，中国石油的，长庆油田的。对于这些荣誉，刘玲玲说：荣誉是一种责任，也是一种压力；荣誉多了，工作量和责任就大了，有时候压得人喘不过气来。

刘玲玲的这些话，是因为我一个刻薄而无聊的问题而起，之前我问她：你觉得你所获得的荣誉与你的付出匹配吗？

但几天后，在西安，一个油田朋友说出了一个不平凡的刘玲玲——因为岗位离不开，为了工作，刘玲玲以前流产了两个孩子。第三次，遇上西气东输时，她又怀上了孩子，但她的岗位还是离不开，跟老公一说，老公当即给她下了最后通牒：如果要去上班，坚决离婚。夫妻最后究竟是怎么调和的，外人不知道，刘玲玲也没有对人说过，但刘玲玲还是坚持上班了。谁知道刘玲玲是怎么上班的吗？那一天，刘玲玲用铁皮做了一个肚兜，用一根绳子牢牢地绑在腰间。知道她为什么要这样吗，一是为了护住肚子，不让焊花溅到肚子上，二是不让自己的腰弯得太低压住孩子。

铁肚兜，铁肚兜，这不是一个石油工人的创造，而是一个母亲的发明,极其珍贵。这是平凡的伟大,是伟大的平凡。

听了这件事,我为自己此前那句刻薄而无聊的提问而感到无比羞耻。唉,我起码应该婉转一点问她吧。

这里,我无意为刘玲玲命名,与她匹配的称号都是现成的,比如一块"磨刀石",一块岩芯;或者,她就是一个长庆铁人,一个长庆战神,一个铁血油魂。

时任总理温家宝还接见过刘玲玲呢。2011年腊月二十九下午,总理在西峰油田指挥部职工食堂自助餐厅会见了庆阳地方和长庆油田的各界代表。当时,刘玲玲就坐在总理的左边,右边是采油二厂厂长张应科。总理问刘玲玲,工作环境怎么样,吃得怎么样,山上有没有现在桌子上吃的那些蔬菜。总理一边问她还一边给她夹了一个饺子呢。总理还说,他是学地质出身,也是一个采油的。

尽管刘玲玲获得了很多荣誉,对此我会敬佩她一辈子,但我认为她至少还缺三个大奖:一个长庆油田合格子女奖、一个长庆油田合格妻子奖和一个长庆油田合格母亲奖。我想,刘玲玲的父母、丈夫和孩子可能不会给她颁发这三个荣誉的。

另外一个示范站郭秀玲站,我只能看她的典型材料或者去想象了,而我也能想象得到郭秀玲是一个怎样的站长。在长庆油田,巾帼不让须眉几乎是所有优秀女工的战斗风采。

我见的另一个站长周阿妮，和刘玲玲极其相似。成为全国劳模之后，周阿妮有点不相信，觉得自己只是干了普通的工作，只是比别人认真了一点而已。为了工作，为了生计，她会坚持下去。

在长庆油田的一路崛起中，涌现许多全国、全省、中石油和长庆劳模，文中没有提到的还有王文汉、孙谋成、陈锦华、王景时、周永革、周红霞等人，以及在岗位上牺牲的蔡建绥、崔景凤和吕志忠三位，他们的事迹至今激励和感动着采油人。而在今天，还有不少像刘玲玲、郭秀玲和周阿妮这样的年轻巾帼战神，她们就像一首民歌里唱的山丹丹花一样火红而娇美，我真想把她们一个个都写出来，把她们一个个都唱出来。

从当初的"跑步上陇东"，到今天的整体崛起成为"中国第一"，四代长庆人把青春都洒在了去前线的路上和前线上。关于路，长庆人有说不完的故事和道不尽的酸楚。老一代石油人走过的路我们已经看见，新一代石油人所经历的恐怕还知之甚少。比如80后，社会上有些人说80后是垮掉的一代人，但至少在长庆油田不是，青春向上的长庆80后已经成为中坚力量。

在采油九厂，青年职工张望铭描画的一条路让我怎么也忘不了。那一年，大雪纷飞，原野白茫茫一片。他们投产队的七八个人，到人烟稀少的刘峁塬进行野外工作，一条不是路的土路全部被白雪覆盖，因为没有可以参照的路标，遇上岔路口，不但找不到前面的路，还看不见前面的人了，扯破嗓子吼也不顶用，不要说地球抖三抖了，每一个人的声音全被风雪卷了去。这时，走在最前面的人不畏严寒，把自己的红工衣脱了下来，放在路上当路标。后面的人见到前面人的红工衣，也一个接一个把自己的棉工衣脱下来放在路边，留给后面的人寻找道路。

一幅多么富有诗意的画面，一串鲜红的工衣，弯弯曲曲地点缀着高原的雪野，而皑皑的白雪就是一笔巨大的留白，空灵无限，意境辽远。

红工衣还有过一个画面。采气一厂净化厂厂长孙海军说，也是一个冬天，在一次管线检修中，一截200多米长的管线被冻住了，为了尽快恢复供气，大伙都把身上的棉工衣脱下来披在油管上，直到一条管线里的气被全部暖热。

其实，红工衣的故事很多很多，石油人的故事都是红工衣的故事。与长庆油田同龄的惠新阳，就是无数个红工衣故事中的主人公。惠新阳口才很好，他动情地说了这样一个故事。10年前的圣诞节下午，正在餐厅包饺子的04井区的12名职工突然接到队长杨学军的紧急报告：井区的管线冻堵了！这可不是小事情，如果油管冻裂，后果不堪设想。大伙一听，立马带上工具跟着杨学军向现场跑去。没有想到，这一去竟然是七天六夜。被冻住的油管都在地下，必须先挖出来才能焊接，但是因为事故太突然，来不及调动机械设备，其实机械设备也不够用，所以大家只能依靠人工去挖。油管冻住了，土层当然也冻住了，甚至土层和石头一起冻住了，大家紧攥手镐，一镐一镐地挖，一个坑又一个坑地找管子，而找到一截冻住的管子需要两三个小时，找到了就赶紧开口子进行艰难的焊接……就这样，13个石油战士，七天六夜150多个小时里没有一个人退下来，在3公里的冻管线上挖出并焊接了50多处冻住的管子。

在整个过程中，13个聚集在一起的红工衣，就像寒冬里荒原上一堆熊熊燃烧的篝火。提起这13个职工的名字，惠新阳如数家珍。我想，他们的名字必须在这里出现：杨学军、郭利军、张华茂、巫德峰、练晓箴、刘飞、南勇勇、石磊、郝鹏飞、宋渊、折立军、谢红涛和张安平。

这是三幅美丽的中国画。看来，我只能找机会把它们画出来了，或者把它们写成诗，如果既画不成画又写不出诗，那我就像这样一直出神地看着它们。

在长庆油田，不论是脱下来的红工衣，还是穿着的红工衣，都是有灵魂的。

石油人的这一身红工装，从最初的颜色到今天的颜色演变过程，可以说是长庆油田一部由灰暗到辉煌的50年颜色历史。刚到陇东时，长庆人的工装一度是杂色的，有绿色的解放军服装，也有普通的农民服装，到后来有过统一的灰色、绿色和黄色,直到2000年才统一为现在的红色,石油人亲切地把它叫作中国红。

鲜艳夺目的红工衣就是中国石油人的信号服,防火,防水,防静电,冬天也防寒,但就是不防热,到了夏天把人能热死。在长庆油田18个油气厂采访时,每到一处安全岗位我都穿上了红工衣,因为"秋老虎"还在,穿上红工衣后浑身汗渍渍的。我问石油工人,你们热吗?回答都是:习惯了!

红工衣代表着石油人的精神面貌。榆林气田榆12集气站站长陈思杨在一次演讲中说:"我今天特意穿了一身崭新的红工服站在这个舞台上,因为我不想留下石油人脏和苦的刻板印象。我想让大家看到,当我们从荒凉的沙漠,从大山深处走出来,当我们检修过小站、保养完设备,回到亲人和孩子面前,站在这么光鲜亮丽的舞台上的时候,一定是干干净净的,我们也有灿烂的笑容,也有闪亮的青春。"

关于红工衣,我在采油十一厂采访时听到过这样一个故事:几个刚到油田的年轻人,汗流浃背地干了一天活,傍晚回到寒冷的铁皮房里脱下工衣就睡了。半夜里,其中一个人起来撒尿,突然看见面前站着几个穿着红工衣的人,把他吓了一跳。但等他仔细一看,那根本不是人,而是昨夜被汗水浸透的几件工衣,因为被冻住而立了起来。

红的好,红红火火的,红工衣加上一顶漂亮的安全帽,再佩戴上一枚美丽的"宝石花",就是采油战士驰骋油田的铠甲。红工衣的红,"宝石花"的红,都是国旗里面的一滴红。

红工衣是很长精神的。"马靠鞍,人靠衣"。说实话,虽然不是石油人,但穿上石油人的红工装,我就很有一种石油人的自豪感。一路上,我发到朋友圈里的照片都是我穿着红工衣的照片,让一些油田以外的微友羡慕不已呢。

一个油田微友还留言说:诗人威武!

第五章　战火里的炊烟

家就是故乡，而炊烟与家有关。

人世间，炊烟是家的气息，是故乡的根，是乡愁的象征。一代人千丝万缕的乡愁，才是一个真实的人世间，而长庆人的乡愁没有一丝丝的炊烟。长庆人有一首歌叫《石油人》，其中有一句歌词"石油人不怕苦不怕累，就怕夜里想起了家"，可能唱出了长庆人的心声。

人都是需要一个故乡的，即使是把异乡变成故乡，一个人也是需要一个故乡。长庆石油人的故乡在长庆吗？

一趟走下来，我发现长庆石油人是没有故乡的人，把他们称作"油牧部落"可能更准确。不过，不是他们在放牧石油，而是石油在放牧他们，或者是他们自己在放牧自己。所以，说长庆人遍地乡愁，一点也不为过。

长庆人的炊烟在战石油的战火之中。50年中，几代人和石油之间的战争，石油人为国家获得了巨大的石油福利，但石油人也因此而输掉了许多，比如爱情、婚姻和家庭。尽管大多数石油人心甘情愿、无怨无悔，旁观者却心疼不已。

鄂尔多斯大盆地是一个聚宝盆，长庆人的构成如今已经不仅仅是原来陕甘宁的"石油土著"，随着每年从部队下来的复转军人，从全国各地大学毕业的大学生人数越来越多，长庆油田人口结构已经可以拼成一个中国地图。

但是，情况并不是这样，现实是非常残酷的。在长庆，年轻的石油人，到了谈恋爱的年龄找不到对象；而成了家，又三地分居、两地分居，甚至一地分居；分居时间长了，又闹起了离婚，天各一方。据长庆油田北大本营宁夏一家媒体报道，在银川当地离婚率最高的就是油田部落。据居住在西安的长庆人说，在西安也是如此。

一些长庆人这样无奈地自嘲：采油人啥都有，但啥也没有，有房子住不上，有孩子养不上，有老人敬不上，有爱人那个那个不上……

这多么像"油牧部落"一支忧伤哀怨的石油牧歌。

那么，就让我们听听长庆年轻人七嘴八舌地说自己的爱情、婚姻和家庭的故事吧。

青春与石油总是能擦出火花。在工作中，由友谊而恋爱而建立家庭的模式最为普遍。最初走进采气五厂，曹彩云感情世界的就是一个"风雪夜归人"。那是一个让曹彩云一辈子也忘不了的夜晚，不，那应该是天快亮的时候，她未来的爱人阎成文，在采集了一夜的温度数据刚换班下来就来看望生病的她，打开门之后，她的"风雪夜归人"一身泥水，除了一口牙齿是白的，浑身上下都是黑乎乎的。当时，苏里格的最低气温接近零下30摄氏度，她的"风雪夜归人"被冻得瑟瑟发抖，进了屋子很长时间连话都说不出来。

"风雪夜归人"让曹彩云看到了一个值得信赖的石油人，给这样的一个石油人一生的拥抱是必须的。挑战石油，不仅挑战着石油人的爱情观，还考验着石油人的婚姻智慧。

青梅竹马的爱情总是很迷人。从西安石油大学毕业的"青梅"肖薇很是让人羡慕。她与她的那个"竹马"，在幼儿园和小学都是同学，但是中学和大学没有成为同学。不过，缘分未断哪，成为油田人之后，他们又走到了一起。多幸福哇，第一次同学聚会，他们惊喜相逢；第二次同学聚会，他们热切相恋；第三次同学聚会，就是他们热闹的婚礼了。

有意思的是，"青梅"与她的那个"竹马"之间的恋爱，是她主动出击的，而且她采用的方式还是学生时代的恋爱把戏——递字条。这样的青梅竹马还有一对呢。王南作业区的王羡妮和她的爱人也是幼儿园的小伙伴，婚后两个"大伙伴"虽都在油田,却相隔几百里。王羡妮说,幸亏两个人一起在油田长大,彼此都很了解和理解,否则恐怕要天天吵架呢。

　　青梅竹马和天作之合的婚姻都让人羡慕不已。2016年年初,华庆油田有一个叫张鑫的年轻人,找不到对象都快急疯了。听人说,附近的一个月老庙很灵,他便思谋着去拜神,碰碰运气。三月三这天,风和日丽,他一个人抽空偷偷地来到了月老庙。他虔诚地走到香炉前,上了香,磕了头,在心里悄悄许了一个愿。真是神了,没有想到,说媒的人当晚就来了——一个同学打电话,说给他介绍对象,女的也是油田上的,名字叫李瑞明。张鑫喜出望外,赶紧加上李瑞明的微信,马上就开始热聊起来。手机微信真是一个值得信赖的月老,让两个年轻的陌生人相隔几百里成了无话不说的微友。这样苦苦聊了半年,有一天,张鑫单位突然通知张鑫去采油十厂培训,李瑞明单位也突然通知李瑞明去采油十厂培训,而两个人几乎是同时告诉对方这一好消息。于是,虽然两个人不在一个地方也不在一条路上,但两个人的心却在规定的时间出发,一起向采油十厂飞奔,又在规定的时间到达目的地。一见面,张鑫一眼就看上了李瑞明,而李瑞明也含情脉脉。张鑫想,看上了就献殷勤呗,培训只有20天,机不可失,时不再来,必须只争朝夕。20天后进行培训比赛,李瑞明终于给了张鑫一个机会——她在上楼梯时踩错了一个台阶。真乃天赐良机，此时此刻，天天盯着李瑞明的张鑫眼明手快，生怕别人抢去似的，立马跑上去抢先扶李瑞明坐下，然后又把李瑞明扶到宿舍；害怕李瑞明的脚红肿，张鑫又飞跑着拿了几瓶冰镇的矿泉水回来，轻轻地给李瑞明敷上。培训比赛结束之后，张鑫又租了一辆专车把李瑞明一路送到西安家里。至此，一场"爱情大会战"终于告捷，李瑞明满心欢喜有了牵挂，李瑞明的父母高高兴兴有了女婿。2018年9月15日，张鑫和李瑞明在银川燕鸽湖欢天喜地地结婚成家。

真是一段油田奇缘哪。其实说来也不奇，月老庙许愿、同学介绍和单位培训都是巧合，关键是人家张鑫在关键的时候单枪匹马"战斗"的结果。

已经建立家庭的肖薇和张鑫当然是幸运的，而许多比他们年龄大的人至今还没有找到对象呢。为此，油田各级工会、团委等组织，经常组织一些"鹊桥会"，为单身的职工创造条件。

但是，即使是结了婚，也不一定能守在一起。南梁油田的方一刚，以前就在油田工作，后来去外面闯荡，由于某些原因又回到了油田。方一刚的婚姻是幸运的，他在一座山上遇到了刘莹。没有情书，没有谁追谁，有一天，他说：你做我朋友吧。于是，只有一个拥抱，她就嫁给了他。

方一刚和刘莹是幸运而又不幸运的一对，两个人在一座山上相恋，在一座山上生活，但就是因为中间十几里的山路，咫尺天涯。

一开始，她在山下，他在山上，不久她也被调到了山上，他们走到了一起。但后来，他又被调到了山下，而她留在了山上，于是他们又分开了。

方一刚轻松地说：十分钟的路程。

刘莹苦涩地说：距离产生美。

这样，方一刚和刘莹其实就成了一对"一地分居"的夫妻。"一地分居"是长庆油田"级别最高"的夫妻。在他们的作业区，只有他们这一对，而在一些地方类似的情况就更多。近距离会产生"美"，路程再长一点，距离再大一点，又会产生什么呢？

长庆油田的地盘很大，但长庆人的人际圈子很小。不要说与社会上来往，就是在油田内部，因为厂与厂之间的独立性，个人与个人之间的来往也很少。如此，相对封闭的油田似乎给职工的婚姻也画了一个圈圈，多数年轻人找对象最大的范围仅限于油田。"傻大黑粗"是长庆人的自画像，而"嫁人不嫁石油郎"是一句从油一代就开始传的油田民谣，在社会上流传很广，虽然不知是长庆人说的，还是地方上人说的，但其所反映的现实是有根据的。

一些人即使是在地方上找一个，也好景不长，最后对方都因为接受不了采油人不顾家的工作规律而拜拜了。像长庆人的那种夫妻生活，放在地方上根本过不下去，地方上的夫妻生活是一种正常的夫妻生活，而油田的夫妻生活太不正常了。

采油三厂有一个职工叫韩建武，媳妇儿就是地方上的。他本身就是一个一月回一次家的"月末丈夫"，妻子临产，第一次叫他，没法回去；孩子出生，第二次叫他，又没法回去；孩子刚一个月，媳妇儿不叫他了，一声不吭地离他而去，再也没有回来。二人离婚的原因，当然就是夫妻两地分居，媳妇儿受不了守活寡的苦，也容不下一个不管孩子的爹。最后，丢下的孩子，都是韩建武的父母带大的，10岁就得了自闭症，一副可怜兮兮的样子。讲述这个故事的邹先美，说着说着就哭了。

王南作业区的石百平也有同样的命运。因为岗位离不开，女儿出生后的第八天他才赶回家里，妻子和丈母娘都很是埋怨他。所以，女儿四个月时妻子提出了离婚，女儿不到一周岁两个人就办理了离婚手续。但是，石百平至今对前妻没有任何怨言，谁让自己是一个石油工人呢。唯一让他不能放下的就是孩子，可怜的孩子因为做父亲的不能尽责而失去父爱。

在长庆，女人生孩子，许多丈夫都不在跟前，孩子会走路了，孩子会说话了，孩子长出牙了，做父亲的都不知道，甚至孩子已经几岁了，还不认识自己的爸爸。而且，孩子在一天天长大，油田双职工家里有老人的还好，没有老人的家里孩子就成了一个大问题；如果两个人轮休假能调开还好，如果调不开，那其中一个人只好放弃工资请假了。

在南梁作业区梁一增站，我见到了张红玲。她和爱人都在油田，儿子平时都是婆婆带着，上六年级时，她只开过一次家长会。那一次，去了学校，不但找错了孩子的教室，最后还找不到孩子的座位。老师说：你儿子上了六年学，我还是第一次见他的妈妈呀！当时，她羞愧难当，无地自容。儿子一晃已经12岁，为了和儿子待几天，今年放假后她连哄带骗把儿子叫到前线单位。儿子小时候去他爸爸的单位体验了一次生活，她也想让儿子看看自己每天在干什么，为什么经常不回家。

儿子来之后的第一天，她听到丈夫和儿子的这样一段电话对话。

爸爸："你到妈妈的单位干啥去了？"

儿子："体验妈妈的生活。"

爸爸："你是将来想当石油工人吗？"

儿子："我不想当石油工人，我只想体验妈妈的生活。"

张红玲说，听了儿子和丈夫的这段对话，她差点泪奔。张红玲说到这里，已经泣不成声了，两个眼眶泪汪汪的。

采访休息时，当我主动提出去看看她的"小候鸟"时，张红玲立马擦干眼泪，非常高兴地小跑着带我到了她的宿舍。

一个看上去很聪明、很阳光的小帅哥，让人心疼，而且很有礼貌，我走时一直对我挥手再见。

这个男孩，是我在采访过程中继采气一厂拿走我的《童年书》那个小男孩之后接触的第二只"小候鸟"，对他我还没有什么明确的祝福。我心里很想说一句"远走高飞"，但觉得还为时尚早。

不仅仅是亏欠孩子。张红玲和老公是兰州大学的同学，在学校恋爱，工作后结婚。她说，有了孩子之后，因为夫妻长期分居，二人只是一种亲情。张红玲的父亲患胃癌，母亲患脑梗死。让她最伤感的是，母亲去世时，姊妹三个石油人，没有一个人能回到母亲身边。

在长庆油田，父母离世时，许多儿女都不在跟前。王窑作业区的周琦飞，父亲卧床十多年，因为单位忙，加上离家路途远，他就很少回家，一直是母亲在照料父亲。去年年初，听说父亲病重后，他赶紧请假回去陪父亲，但他刚在家待了三天，单位又叫他回去上班，他二话没说又赶回单位。他刚回到单位的第二天，父亲就突然去世了，于是他又往家里赶，回去给父亲料理后事。命运好像是在捉弄他似的，不让他见父亲最后一面。

对于传统的中国人来说，工作、恋爱和结婚的目的就是建立一个家庭，但一个家庭对于许多石油人来说是那么的脆弱。王窑作业区有一个职工叫黄金侠，她刚一上班，头顶上的天就轰然塌了。1992年参加工作的第一天，父亲因遇意外事故突然离世，给了她沉重的打击。父亲也在油田，是一个吊车司机。那天，父亲开着吊车去工地作业，被前面的一根倒卧的电线杆挡住了去路，在单位有"大力士"之称的父亲便停下车独自去挪电线杆，但是没有想到的是，那根电线杆上的电线还有电呢，他刚一接触电线杆就被一股高压电流击倒在地。被命运给了迎头一棒的黄金侠，上班第一天的第一件事就是披麻戴孝。她们姊妹三人都在油田呢，父亲一走，剩下母亲一人，一个家就塌了没了。而这时，她们姊妹谁也没有成家，每一个人离家都是那么遥远。

知道读着《钢铁是怎样炼成的》的王琼是怎样炼成"小钢铁"的吗？当一个时代把社会当作一个熔炉的时候，一个小人物已经在家庭的熔炉里冶炼着自己。

作为一个80后独生女，长庆油田公司新闻中心王琼的故事甚是感人。5岁那年，石油母亲因为神经性肌肉萎缩而瘫痪，石油父亲常年在外跑车不能照顾母亲，石油娃王琼就成了母亲的守护神。母亲瘫痪了，王琼不能瘫痪，一个小女孩比男孩子还坚强，像一个小铁人。王琼是一个没有童年的人，上小学，上中学，上大学，直到参加工作，她都是一边照顾母亲，一边照顾自己，像一个大人，风里来雨里去。而且，一路上王琼还不是一个平庸的孩子。六年级时，因为照顾母亲、勤奋学习等事迹，王琼被共青团甘肃省委和甘肃省总工会授予"十佳少年"称号。参加工作后，先后因为科普讲解、参加社会公益活动被评为"陕西省科技大使"和陕西省一加一"爱心大使"。结婚之后，因为爱人在采油前线，一个破碎的家还是她在支撑。27岁那年，父亲又因为一场意外弃她和母亲而去，王琼又一次深陷生活的危机。命运多舛，但王琼从不低头，用"顶天立地"这个成语形容王琼的人生境界一点也不夸张。

　　王琼热爱文学，一直是《文艺轻刊》的主笔。我们也是因为文学而相识。成为微友后，王琼每天在做什么我都看见了——平时，她会晒自己的随笔"思想边缘"；上班，她会晒单位的活动；周末，她会晒给母亲做的饭菜和给母亲洗的衣服，而轮椅上的母亲，阳光灿烂，一脸幸福。前年，她还晒出了自己独身闯西藏的一组照片，令我这个至今还没有去过西藏的人大为惊叹。我知道王琼不是在显摆才华和孝心，而是在表明一个人的存在——王琼还好好活着。

　　西安电视台、《西安日报》曾经用这样一个标题报道王琼——《双面女神：王琼》。的确，王琼是一个有思想的人，她的思想里有石油，更有家庭和事业。王琼虽然人不在采油前线，但精神在采油前线。王琼的可贵之处在于，她不但没有让一个残缺不全的家在油田上坍塌下去，还让自己在油田上站了起来。而且，王琼还把许多青春时光反哺给了母亲。

听说王琼正在思谋着写小说,我相信王琼小说的主人公就是她自己——一个勇敢而骄傲的小公主怎么成为一个石油战神。我们期待着。

工业的油田,对于一些长庆人而言可能只是一个家庭的试验田。长庆人可能不知道,自己所从事的工作与家庭生活之间的关系根本无法调和。因为行业的自我封闭和强烈的战斗性,职工的接触面小,接触的人更少,甚至根本就接触不上什么人,年轻人从找对象到成家过日子,不但没有什么参照,还受到严格的约束,以至于整个过程像一次险象环生的人生冒险。采油三厂前线有一个女油二代,母亲病逝,父亲续娶,在实在找不到合适的对象的情况下,十年前草草与另一个作业区的职工成了家。但是,婚后发现男的有家暴倾向,无奈维持了两个月就离婚了。而在父亲和继母的家里,这个女职工还受到继母的欺负,仅有的一点积蓄都被继母骗去。但是,这个女工很要强,换了一个单位,一心扑在工作上,从头开始。离婚的人对象更难找,耽搁了几年之后,她终于找到了一个因为高价彩礼而娶不起媳妇儿的农村临时工成了家。这个农村小伙,虽然比她小许多,却知道疼她,两个人关系甚是融洽。有了一个孩子以后,她就把公婆接到了银川帮自己带孩子。但是,婆婆自小就不识字,加上一直生活在农村,不会使用电磁炉什么的,在城里根本无法生活,于是她又把孩子和婆婆都带到了前线,在单位旁边租了一间房子住下。这样,她一边上班,一边细心照顾孩子和婆婆。不久,婆婆会使用电磁炉了,为了不影响工作和经济收入,她又把婆婆和孩子送回到银川。后来,这个女工查出了乳腺癌,但手术后三个月不到她就来上班了。婆婆公公没有收入,而爱人的工资又不高,她得养家糊口哇。因为比老公大,她自然就成了一个家庭的"擎天柱"。

在油田,"三块石头支口锅"很容易,"一个帐篷安个窝"也很容易,但一窝人撑起来一个家就很艰难了。这个女工的故事让人欣慰也让人心酸。与其说她是在为石油而战,不如说她是在为一个家而战。而在一个人的苦战过程中,这个女工实验的是石油属性和青春韧性之间的逻辑关系。

在长庆油田,像这个女工这样的"女强人"还有不少哩。

在西峰油田的采访中,我还意外遇到了中学同学侯升堂。在我的记忆里,中学毕业后进入油田的同学只有李四光、刘鑫和白烨三个人,侯升堂怎么也到油田了?

那天是一个周末,我去采油十一厂一个油井采访,刚到现场,就听见有人在喊我的名字,一回头发现是侯升堂,但因为当时在一个意想不到的地方,加上近40年不见,我突然想不起他的名字了,他喊了一声"我是侯升堂",才让我恍然想起那个有名的大个子篮球运动员侯升堂。

老同学重逢，而且意外重逢于油田，别提有多高兴了。没有想到，旁边一个没穿红工衣的女人就是他的爱人郭秀琴。于是，我们就在他住的值班室里聊了起来。房间很小，三四个人坐下后就再也没有地方了。一开始，侯升堂的妻子不愿意坐，又倒茶又端西瓜，热情得很。我们的谈话虽然不是正式采访，但我最关心的还是侯升堂的石油家庭情况。

原来，中学毕业后，侯升堂在地区体校服役了一段时间之后，又被招工到了油田继续打球，不但解决了城市户口，还有了一份工作。一问，他的妻子郭秀琴不是原配，在地方上上班，两个人是企地联姻二婚家庭。几年前，他殇了妻子，她殇了丈夫，后经人介绍两人过到了一起。看上去，两个人关系很好，妻子很贤惠，周末能从县城跑到山里来陪老公上班，很是让我感动。他们虽然都经历了不幸的家庭，而我们也只是在油井旁相聚，但我觉得他们建立在油田之上的家庭氛围不错，起码两个人能守在一起。

井上有四口单井，侯升堂与另外一个职工轮流守护，那天正好是他值班。走时，我当然穿上了红工衣，和一身红工衣的大个子侯升堂及其妻子，在侯升堂的几口井旁边照了几张相。我们也互加了微信，侯升堂似乎很自豪，微信签名就是四个字：石油工人。

在庆阳，我还碰到了同学刘鑫，他居然曾经和刘玲玲是同事，而且他还告诉我，刘玲玲也是合水人呢。于是，我立马很敬佩几个在外的合水石油人了。

有人说，鄂尔多斯大盆地是长庆人的一个鸟窝。我说一点不像，因为它对于长庆人大而无当。长庆人似乎一直是这样的：在家里是在为单位而坚守，在单位似乎又在为家里而坚守，以至于像一只疲惫不堪的候鸟，在单位和家庭之间飞来飞去。如此，长庆人一直在旅途奔波，单位成了一个加油站，家成了一个客栈。而在这条石油之路上，前线永远在遥远的前方。

"白天看太阳，晚上数星星，让我到哪里去找对象？"一个年轻人的感叹让人感到悲凉和心疼。在油田第一线，年轻人更无助，青春都是枯焦的。天天守在第一线，不要说找对象，就是连一个说话的人都没有，偶尔碰见一个放羊的，认识不认识都要拦住人家说几句。油井都在荒无人迹的地方，没有人就没有道路，更不可能碰见一个过路的人。

一路上，除了"偷油贼"，牧羊人似乎是被提到最多的油田之外的一类人。那些牧羊人，看上去与油田毫无关系，实则关系密切。牧羊人代表着荒凉和绝望，但也代表着生机和希望。被石油人遇上之后，牧羊人就是石油人唯一的亲人。甚至，那一群羊也成了一群人。

我当然也知道，已经被符号化的"牧羊人"，在一些石油人眼里，已经是一个自由自在的神。

在当初的好汉坡上，年轻的采油人工余时间就是喊山，什么内容也不喊，只是朝着山谷像狼一样一阵胡吆喝，然后侧耳听自己遥远的回声。

其实，能在油田待住不当逃兵就很不错了。现实是残酷的，但幻想不残酷。也许有的人不相信，一些年轻人就是靠幻想坚持了下来。在采油十一厂，有个守井的青年女工，我忘记她的名字了，她刚来油田的时候很不习惯，天天看着高高的井架熬日子。幻想是非常美好的，她看着看着，就把眼前的井架看成了埃菲尔铁塔，而她每天都能在万里之外的法国巴黎街头漫步。幻想可能是理想，但毕竟是幻想。经过了很长时间，当她发现自己的井架根本不是埃菲尔铁塔的时候，她已经回到了残酷的现实之中，成了一名真实得不能再真实的山沟里的石油工人。

一个人不能没有幻想，但绝对不能依靠幻想。理想国是存在的，但永远在理想之中。

在基层几次采访座谈会上，我将企业性质、工作环境、工资待遇、家庭生活、孩子成长和老人赡养等因素考虑在一起，拟出一个满分为10分的综合问题，面对面抽样让30多名不同单位的职工给自己的幸福感打了一个分。结果，大多数职工给自己打的是5分和6分，打7分和8分的很少，打9分的只有一个人，而打满分的人一个也没有，令人感慨不已。

需要说明的是，这个随意性的面对面抽样问卷调查，都是在职工的领导在场的情况下进行的，大家都不会说得太低，所以我对石油人的幸福感保持了一些警惕性。要知道，工资待遇暂且不说，基层油田人每天所在的地方都是"鸟不拉屎"的地方，环境十分恶劣。如今，尽管条件已经改善了不少，但他们这样的工作环境，不要说在国内，在世界上可能都数得上自然环境最差的油田。再者，加上更为重要的家庭生活等其他问题，他们的幸福感肯定还要打折扣。

采访过程中，为了获取更多的信息，我几乎在每一处都给受访者留下了我的手机号码，希望大家加我的微信，随后继续给我提供素材和信息。所以，这段时间，凡是油田上的人要求加我的微信我都加上了，我因此有了许多长庆微友。

微友们说的情况的确存在。我相信微友们都是有良知的长庆人。大家提供的素材虽然不是什么猛料，却让我看到了一个更真更深的油田。

既然微友们的故事更真实，那么接下来就让我给大家如实地转述这些故事吧。我没有添油加醋，事实绝对还是大家的，只是叙述的方法是我的。不过，出于尊重一些微友的意愿，我还是做了一番"隐姓埋名"的技术处理。

微友提供的第一个老故事——

这个微友是油二代，他的这个故事说的是老一代采油工,所以这应该是20多年前的旧闻了。他所在的采油厂,山大沟深,环境偏僻,道路不畅,交通十分困难。在这样一个工作环境里,最吃香的当然就是开车的,所以许多姑娘都嫁给了司机。怎么嫁的呢,比如一辆开油罐车或开皮卡车的,上去下来总喜欢给站上的女工捎个吃的喝的什么的,有时候方便的话还会带一些姑娘下山去洗一个澡。在那样一个残酷的环境里,面对那样的一些现实的问题,经过如此热络而实惠的交往,一些姑娘干脆就嫁给了司机。但是,随着工作环境的改善,公路高速了,大家有钱了,家家有车了,司机再也不吃香了,就再也没有姑娘愿意嫁给司机。而且,不但没有再嫁的,好几个以前嫁给司机的都离婚了。

司机的桃花运时代,不要说油田,在我的记忆里,到20世纪80年代初,地方上城里和农村的姑娘找对象都在优先找司机哩,开小车的,能攀上当官的,能给家里办事;开大车的,能拉着到处去逛,还能给家里拉个煤呀菜呀什么的。

原来,那个时代那些狂飙的车轮,不仅碾过了麦田,还碾过了油田。

微友提供的第二个老故事——

这里说的就是夫妻"一地分居",不是夫妻异地分居,而是夫妻"一地分居",音同字不同,"异地"与"一地"之间有着天壤之别。

在一个叫虎狼峁的作业区,有一对"一地分居"的"虎狼夫妻"。每天傍晚,在这个作业区,总是能看见成双成对的职工在散步,一些还手拉着手,十分亲密,他们可不是恋人,而是都有"营业执照"的夫妻。但是,走到了最后,到了该上床休息的时候,他们却各走各的,分别进了各自的集体宿舍,失却了"月上柳梢头,人约黄昏后"的浪漫。

对虎狼峁上的事情,我问了一些油田朋友。其实,油田职工住宿条件还不错,厂厂都留有夫妻房,只是进行数字化建设,前线的职工撤回来之后房子就不够用了。不过,这只是暂时的情况而已,存在的问题正在解决之中。

相见却不能相爱,这是一种怎样的距离呀,近在咫尺,却在水一方,所谓的"距离产生美"之说,无非是自我安慰或自我嘲讽,恩爱夫妻要受此般精神折磨,真是太残酷了。一地分居如此,两地分居、三地分居就更不用说了,大家都是一肚子"相见时难别亦难"的惆怅。在"地大物博"的长庆,如果是一家四口两代的石油人,休假休不到一起的话,有可能就分散在四个距离很远的地方。而前线的职工,根本就没有节假日之说,只有在轮休时才能回一次家。未婚者暂且不说,对于大多数油田夫妻,云雨之欢可能是一个苦涩的梦想。

在油田采访中,我遇到一群去当地农村助学支教的女职工。听她们说,这件公益事业她们已经坚持10多年了。和一群孩子在一起很快乐,而且很有成就感,也因为此,她们的支教很是卖力。支教是长庆油田参与脱贫攻坚工作的一部分。所以，我坚信一开始就提到的那句长庆人的名言——"如果要从他们的血管里抽出两滴血的话，那么一滴是血液，另一滴就是石油"的真实性。

这句话的出处就在采油三厂五里湾第一采油作业区南一增压站。这群姑娘，不由得让人想起长庆创业之初被称为"铁姑娘队"的女子钻井队。那些"半边天"，争强好胜，硬是要和男人一比高低，成为油田的生力军。如今，长庆女工虽然不用打井了，但钢铁的品格还在，她们还能被当作铁人使用。

不过，采油三厂的这群青春的姑娘也得到了让她们深感幸福的回报。王燕动情地回忆说，五年里，孩子们让她们尝遍了山里所有的果子，比如红红的苹果、黑珍珠般的桑葚、鸡蛋大的山梨、脆生生的枣儿……见识了许多野花，带刺的刺梅、嫣红的指甲花、金黄的油麦花……而最让王燕难以忘怀的是一片芬芳怡人的野菊花。每一年到了秋季，漫山遍野都会开遍金色的蓝色的白色的小菊花，孩子们上学的时候都会给王燕采一些，放在窗台上或者讲桌上，放学的时候又会全部拿走，而且把地上打扫得干干净净。王燕看见孩子们每天早上上学来都因为采菊花而弄湿了衣服，就装作生气的样子不让孩子们再采菊花了，但孩子们就是不听她的，继续天天采着。

想起那些野菊花，王燕就会想起那些像野菊花一样的孩子。什么是青春，这就是呀。

采访途中，我们看见了不少的野菊花，漫山遍野的，顽强而又灿烂。当然，我也看见了这样的一片野菊花——那群支教助学的女职工：夏文娟、王燕、邹先美、牛金丹、孟宁丽、张丽、李冬梅、姚倩、雷霞、杨艳华、魏乖萍、冷小庆、毛倩囡、曹小燕……这些花花草草的名字，莺歌燕舞的，阴柔与阳刚并存，生机盎然。

不过，山里的野果子肯定都是酸涩的，山里的野菊花肯定都是卑微的。所以，我还是由衷地希望她们在另一个季节成为她们自己。

长庆人对油田一往情深，对旁边的麦田也充满深情。我在采访中听到，不仅是这些女工在助学支教。张典说，采油一厂的刘莉带着7名男女职工，从2016年开始连续8次开展助学活动，到今年已经累计资助特困生50名。今年"六一"期间，他们又驱车600多公里，走进了环县的芦家湾小学、毛井小学和车道小学，千里送爱心。在这些石油人的心里，麦田里的孩子和油田里的孩子都是一样的。

2019年国庆这天，应朋友刘利锋之邀，我们几个文友参加了其孙子在西安的百日喜宴。在陕甘宁地区，孩子周岁之前，要吃四次酒席，过四个节日，依次是十天、满月、百日和周岁。老刘在家里是油二代，两口子已经提前退休，老来抱孙子，所以为孙子精心张罗了此事。不过，孙子的百日本来是9月29日，只因孩子的父亲在采油前线忙着回不来，所以就拖后了一天。当然，也是想沾国庆日之喜，等等这天能回到西安的油田亲朋好友。所以，这也是一个石油家庭的国庆晚宴。我到了以后，已是嘉宾满座，桌子上已经满是美酒佳肴，场面甚是喜庆。虽然没有一个穿红工衣的，但大家都是石油部落的人，当然除了我这个外来者。孩子的父亲直到开席之前才从前线赶回来，和媳妇儿一起给大家敬酒。席间，一家五口人欢欢喜喜团聚的情景，美满而又温馨。

朋友一家无疑是很幸福的。因为就在那时那刻，许多当爸爸的当妈妈的和许多当爷爷的当奶奶的长庆人，还坚守在采油第一线，在前线战石油呢。当然，这天的主人公石油娃最幸福——出生后的百天，不仅是全家团圆，而且是举国欢庆。

这个石油娃，当然也是石油的，不久的将来，他可能就是一个"油四代"。

国家欢庆之日，也应该是家家喜庆之时。何为国庆？长庆人说得好：庆大庆，庆长庆。大庆，庆的是国家，也庆的是百姓；长庆，庆的是百姓，庆的也是国家。有国才有家，有家就有国，此乃国泰民安民安国泰是也。长庆人有一个油田大家谱，还应该有7万个油田小家谱。单位搞得热火朝天，而家里却冰锅冷灶，不是石油人向往的幸福。除了一片为石油而战的战火而外,石油之家也需要有一缕弯弯的炊烟。起码,要让每一个石油人停下来为美丽的炊烟写一首乡愁诗吧。

一家人的团圆是油田人很难看见的圆月。前面提到的王馨,还有一个合成全家福的故事呢。2008年,王馨一家被长庆油田评为"文明家庭",单位通知妈妈提供一张一家三口的全家福,在宣传栏里张贴。但是,妈妈回家翻遍了所有的相册,没有找到一张三口人的全家福。原来,他们一家三口已经有好几年没有在一起了。平时,为了照顾她,母亲在家,父亲就不在,父亲在家,母亲就不在,母亲和父亲总是不能见面,一家三口从来不能聚齐,三个人当然就没有照相的机会。没有一张全家福,他们的"文明家庭"就没有露面的机会,怎么办呢?她和妈妈想了又想,终于想出来一个办法:她先和妈妈照了一张二人合影,旁边给爸爸留了一个空位置,然后让爸爸在单位单独照了一张,最后等爸爸回来进行了技术合成,这样就有了一家三口的"全家福"。一张拼贴的全家福不就是一个拼凑的石油之家嘛。幸亏这是一个幸福美满的家庭。王馨说,当他们的"全家福"出现在单位"文明家庭"的光荣榜上时,爸爸妈妈看了既骄傲又心酸,而没有照相的爷爷奶奶则是羡慕不够呢。

一缕缥缈的炊烟,对于常年在外的采油人来说像一根系魂的绳索一样。

也是在国庆这天的西安，我与一对油二代老两口同车回家，一路上说的都是油田上的事情。两口子说，他们的女儿也在油田，今天还在上班，已经29岁的人了，还没有找上对象。两个人所说的话似乎不是一个话题，却有着内在的关联。

一个忧心忡忡地说："把人都快急死了。"

我问为什么找不上，她说："就是找不上嘛！"

一个岔开了话题，十分忧虑地说："长庆夫妻分居问题不解决是要出事的。"

我问会出什么事呢，他说："离婚呗！"

离婚，又是离婚……对于这个时代这个社会，不仅仅与爱情有关的离婚，不知终结了多少家庭，从而使婚姻成为这个时代最疼痛的社会话题之一。在长庆一线采访中，我遇到一个只有七八个人的单位，而离婚者竟然占到了一半。这可能是个案，但毕竟存在。

飞一样的时代在改变着每一个人。"油大头，铁二求，上坡下坡都加油"已经不是今天的长庆人。临近年末，一个涉及幸福、工作、爱情、家庭和婚姻等领域名曰"长庆人情感状态调查"的活动，由一个叫"爱长庆"的公众号面向长庆油田拉开序幕，引起了一些石油人的围观。

仔细地看完调查内容之后，我在微信公众号后面留了一句"这是一次很有意义的活动"。让我没有想到的是，发起这次调查的人是龙凤园那个"长庆铁脚"张栋的儿子张秦兵。我们在他的"爱长庆"平台上相识，并在微信中聊了起来。

张秦兵兄弟二人，哥哥是西安石油大学博导。张秦兵曾经也在油田干过，因为"不想总是待在自己长大的环境里，希望有所突破"而离开了油田，在西安开了一个小公司。虽然离开了油田，但他仍然无时无刻不关心着油田。命名为"爱长庆"的微信公众号，就是他个人创办的新媒体，以此平台举行的这次调查，足以体现他的长庆情怀。

对于一个小公司来说，这次调查无疑是一个大手笔。当我问及举办这次活动的初衷和目的时，张秦兵发微信说："初衷就是社会比较复杂，油田由于特殊的工作性质，两性关系也比较复杂，感觉可能存在一些问题，所以想通过调查来了解一下，到底大家的感受和想法是什么。"

听他这么一说，我对"爱长庆"的调查结果更是充满了期待。一个局外人如此，局中人也许更甚。其实，因为长庆人的"情感状态"都明摆着，大家对结果应该有一个八九不离十的估摸。

在时空隧道里，一秒钟的经历和一万年的经历可能是一样的。石油人的一万年就在一秒之中，一秒之中也许有着长庆人的一万年。在静心等待"爱长庆"的调查结果的过程中，我在"采二人家"微信公众号看到一篇题为《听说石油人都是急性子》的文章，写的是长庆人在等待拉油车、启动试压、抽样结果和发奖金短暂的过程中急切的心情，其时哪怕只有一秒钟，也像一万年那样漫长。不过，作者似乎忘记了一个非常重要的"等待"，因为在后面的留言中，我发现了一句无比惆怅而又苦涩的留言："还有等待男、女朋友回消息的时候，怕是有一亿年。"

这么说，一些长庆人的爱情等待恐怕是遥遥无期的，而有些等待根本就不是约定的等待，只是单方面的期待。

在我完稿之际，"爱长庆"的调查结果新鲜出炉，而且张秦兵在第一时间发给了我。不出所料，虽然参与的人不多，但反馈的情况却是长庆人当下情感状态比较真实的反映，与我采访途中"10分制幸福感"现场调查基本一致。

现择要公布如下：

参与者年龄，40岁以上的占47.465%，31至40岁的占32.77%，20至30岁占19.11%；

参与者性别，男性占70.62%，女性占29.38%；

参与者岗位，操作人员占54.8%，普通管理人员占25.16%，普通技术人员占15.82%，科级以上干部占6.72%；

参与者学历，专科或本科占58.2%，中专或技校占20.9%，高中及以下占15.82%，研究生及以上占5.08%；

参与者工作场地，生产一线占77.97%，后勤基地占22.03%；

参与者婚姻状况，已婚占74.58%，未婚占13.56%，离异占11.86%；

您觉得自己过得幸福吗，幸福占31.07%，一般占51.96%，不幸福占16.95%；

您对自己的爱情生活感到满意吗，满意占56.5%，不满意占43.5%；

您对自己的婚姻感到满意吗，满意占75.76%，不满意占24.24%；

您对生活感到最不满意的是，工作方面占49.72%，个人感情占19.21%，家庭方面占18.08%，个人生活占12.99%……

单身者对这次活动似乎最积极，参与者竟然占到82.22%，非单身者只占17.78%。这一大群人，可是长庆的中坚力量，不论人数还是情感"舆情"，他们都代表着长庆油田的主流。

鉴于参与这个调查的人绝大多数是单身，我又求助于长庆机关行政事务管理处，调取了一个单身员工年龄构成资料。系统录入人员信息显示，长庆职工总数7万余人，其中单身总数是7950人，而在这些单身职工中，18岁至50岁以上未婚者是5747人，占比72.3%，离异者是1963人，占比24.7%，丧偶是240人，占比3%。经过一番比对，我发现彼此在资源信息方面都能够互相印证。从长庆行政机关事务管理处提供的资料里，我还从中看到了一个熙熙攘攘的"长庆鹊桥"近几年来所做的大量工作。

对于我,这次可能是一个例外,因为这次写作是我文学书写以来使用数字最多的一次。不得不承认,抽象的数字有时候比形象的文字表达更有力量。

我问张秦兵:"你觉得这个调查结果客观吗?"

"差不多。"张秦兵说。

第六章　绿油油的麦田，黑油油的油

马岭川里的一万姑娘嫁给了长庆人。

这是今天60岁左右的长庆人和庆阳人都知道的一个历史事实。一万姑娘，同时必然还有一万长庆小伙子，这次两万人的"企地大婚嫁"，说的就是20世纪70年代初长庆油田庆阳大会战之后的事。一万姑娘，当然是一种夸张的说法，因为当时庆阳县的马岭川根本就没有那么多姑娘。

这虽然只是一种夸张的说法，却反映了长庆与庆阳"企地联姻"良好的历史开端。

庆阳是中国农耕文明的发源地，"教民稼穑"的公刘就诞生于今天庆阳市西峰区。因为这一文化的家底和传承，及至新中国成立之后，甘肃省将庆阳作为"陇东粮仓"加大了建设步伐。

但是，庆阳的黄土之下突然发现了石油，风风火火的采油人来了，绿油油的麦田之上一夜之间冒出了一个个井架，黑油油的石油随之汩汩地流了出来。

甚至从来没有见过的汽车也来了，大卡车、皮卡车和北京吉普一辆跟着一辆，威风凛凛的，把农民兄弟没有见过世面的老牛车、老马车和架子车吓得纷纷避让，马呀牛哇驴呀猪哇羊啊，像看稀奇一样驻足观望，可能还有一匹拉车的马儿被惊得挣脱缰绳狂奔而去呢。汽车的车辙人们也是第一次见到，那些车辙比牛车、马车和架子车的辙印宽多了深多了远多了。而且，那些车辙还带着好看的花纹呢。我最深的记忆就是经常和村子里一群小伙伴踩着车辙赛跑。

从此，庆阳人知道了一个和农业不一样的词——工业。

这是新中国成立20年来庆阳人见到的第一支部队，虽然没有武装，但石油人很像一支解放军的部队，军纪严明。石油人就像亲人解放军一样。所以，庆阳人不但敞开大门迎接了长庆人，还竭尽所能支援了长庆油田。

于是，"围着亲人热炕上坐，热烫的米酒送给亲人喝"，这句陕北民歌又唱了起来，腾地方的腾地方，驮水的驮水，推磨的推磨，让地的让地，出力的出力，全都围着石油人转了起来。世世代代务农的庄稼人尽管还不知道石油的珍贵，但自己身下的黄土能为国家做一点贡献，也是一件令人欢欣鼓舞的事情。

看长庆油田的发展，必须从庆阳去看，所以我走访了庆阳能源、环保、土地和文化等领域的一些人。

一些上了年纪的庆阳人说，庆阳人在一个很困难的时期，就像支援革命一样支援了油田，无偿给油田提供了土地、劳力、粮油和住宿。也就是说，作为一个革命老区，庆阳人最初对长庆油田是一种朴素的革命感情和崇高的国家意识。

如此，庆阳县马岭川一万农民姑娘嫁给拿工资的石油人也在情理之中，而且是彼此都感到幸福的事情。工人与农民相遇，必然能擦出爱情的火花。

当地百姓也得到了许多实惠，尤其是工业思想观念的植入，日积月累、潜移默化地改变着"以食为天"的庆阳人。在纪念改革开放40周年之际，回想起父亲在改革开放初期去油田打工的事情，我写过一首《村子里的父亲铁器加工厂》的诗，通过一个小村子记录了当地农村当时的变迁。全诗如下：

父亲铁器加工厂的诞生
我是突然听到的

记不清是一个深夜还是一个清晨
父亲弄响了自己的铁器加工厂

几把叮叮当当的铁锤
通过敲打铁器惊醒了沉睡的土地

包括我们一家子在内
一村子人听到了庄稼以外的铿锵声

即使唯一赶不上父亲的小脚母亲
也迈出了自己艰难的脚步

父亲的铁器加工厂不是父亲的
父亲只是其中的一把铁锤

响亮的铁器告诉人们一个铁的事实
二亩地之外有一个好光景

父亲的铁器革命当然是不彻底的
起码没有最后解放自己的女人

一双跟随父亲一生的三寸金莲
遇上春天都没有绽放

在希望的田野上,工人与农民共生共荣,麦田与油田同时焕发出一派生机。父亲的铁器加工厂只是一个村子的缩影,许多务正业的农民从改变观念到通过创办实业致富,在长庆油田捞了许多正正当当的油水。

但是,这样的蜜月期只过了10年,自20世纪80年代初开始,除了两万多对工农夫妻没有出现啥子问题而外,长庆油田与庆阳地方开始了明明暗暗的石油博弈,双方都开始为石油而战,时间长达30年之久。

企地博弈的原因,当然是脚下的石油,一边是国家利益和长庆利益,一边是地方政府利益和农民利益。农民认为,土地是我的,自己每年还要给国家缴粮,你石油人吃的也是我们种的粮食,所以土地下面的油也有我们一份。当地政府出于地方经济利益的考虑,当然也是同样的认识。而长庆人认为,矿藏为国家所有,开采权是国家的,长庆人是代表国家在开采,其他人没有开采权。再说,除了给国家采油,长庆还养着几万工人和家属呢,麦田里的油田也是他们的根本,所以誓不让步。在同一块土地上,一个有土地使用权,一个有矿产开采权,庆阳人说长庆人是在掠夺石油财富,长庆人说庆阳人是见利眼红。一开始,彼此只是情感上的隔阂,到后来就是严重的对垒了。

让庆阳人理直气壮的是这样一个现实:同样是革命老区,延安在石油开发上能享受国家的特殊政策,庆阳为什么就不能享受，国家"一碗水没有端平"，对庆阳老区太不公平了。作为战争年代延安的大后方，而且是"仅存的成果之一"，庆阳人民血没少流汗没少洒，对革命的最后胜利发挥过关键作用。

要知道，当年毛主席给延长油厂厂长陈振夏题写"埋头苦干"四个字的同时，也给华池县县长李培福题写了"面向群众"四个字。不论啥时候，这八个字都应该联系起来看的。庆阳人当然要向国家讨一个说法。也因为此，20世纪80年代初开始，庆阳人一边向中央争取地方政策，一边与长庆油田争取经济利益。

从庆阳到陕北，我们听到，地方与油田的关系都曾经走过一个非常紧张的对抗时期。这是"一碗水没有端平"留下的后遗症。

长庆油田与延长油田的矿权之争由来已久。1994年，中国石油与陕西省、市政府签订了"4·13"协议，将部分资源区委托给所在县开发。这样，陕北一些县就相继引进民营机制参与其中。1999年至2003年，陕西省开始整治陕北石油开采秩序，对私人企业的经营权、管理权和收益权"三权"进行回收，各县在这一基础上相继成立了县钻采公司。后来，各县的钻采公司又整合进入延长油田。

油田和农民的关系一度也是很紧张。在采气六厂，一个厂领导说，几年前，一个职工在一个农民的庄稼地里拉了一泡屎，结果那户人家就索赔5000元，理由是把人家的庄稼污染了。如果这是一个杜撰的笑话，那就一笑了之；如果是一件真事，那问题可就大了——企业和农民的关系如果到了这种地步，恐怕都得坐下来好好想一想。

这30年，企地之间的较量，或明或暗，或大或小，不堪回首哇。

早些年，粗放式发展，给地方水土造成的一些污染是一个不争的事实。人类对生态的破坏，只能靠水土自我修复。冰冻三尺非一日之寒，一些历史遗留问题不容忽视。

"不会有什么事的！"原庆阳市相关负责人肯定地说，"改革开放以来，庆阳和延安榆林一样，因油而兴，石油开发成为庆阳经济的支柱。和经济一样，庆阳环保重心是油田开发环保。油田的环保做好了，庆阳的生态安全才有保障。3万口油水井，3万公里油水管线，遍布庆阳大地，尽管油田和政府同心协力做了大量工作，但监管和治理的任务任重而道远，需要持续不断地投入和努力。"该负责人进而补充说，"地方政府和油田在生态环保方面，不仅态度十分明确，动作也很大。这几年，在水源地和自然保护区关闭退出的油井就有400多口。"

因为企地合力治污，长庆油田因此成为中国石油石化系统第一个获批成为国家级"绿色矿山"示范企业。其中，陕北的王窑水库、陇东的巴家咀水库都成为油区清洁水库的典范。

"中国第一"的佳绩必须是绿茵茵的。自从"绿色矿山"建设成为一道死命令之后，因为长庆油田自身环保意识的增强，以及甘肃地方各级环保力度的加大，死守项目管理红线，采取"标本兼治，防治结合，严管重罚"等措施，长庆油田黑油油的油田里已经泛出喜人的绿意。关于长庆油田50年的环保变化，采油十二厂的环保科长董明军说："在油田环保上，以前企业是粗放式经营，现在是精耕细作；以前是事后治理，现在是防患于未然；以前是舍不得投入，现在是投入不但没有人反对而且投入很大。"的确，"打一口井，绿化一个环境""采油不见油，注水不见水"，是他们的建厂理念，也是他们的企业目标。其实，这是长庆油田一贯的做法，十二厂只是其中一个优秀的案例。

1997年长庆在合水找到石油真是我没有想到的。小时候，对于在庆阳县找到石油，合水人都很羡慕呢。合水县是庆阳市最绿的一个县，植被覆盖率很高。合水油田的建成，曾经让我很担忧，害怕那些黑油油的石油淌到那绿油油的麦田之中去。但是，我多虑了。这次采访我也回了合水，从县城到乡里我都仔细地看了，不仅山野是绿汪汪的，油田也是绿汪汪的，采油十二厂没有污染我的家乡。

由南向北快进庆阳市区时，路边一个巨大的广告牌远远地吸引了我的注意——"创和谐典范，建能源新都"。所谓和谐,就是内蓄凝聚力,外造亲和力。对于"能源新都"庆阳如此,对于"西部大庆"长庆也是如此。

在庆阳宾馆,市能源局副局长仇大勇介绍说,直到近10年,企地双方在中央的和谐精神之下才和谐了。习近平总书记2009年的重要指示"创和谐典范,建西部大庆",就是同时对庆阳老区和长庆油田说的话,一则庆阳老区要建设和谐社会,二则长庆油田要建成西部大庆。于是,企地都积极响应这一号召,共同约定建立了企地联席会议、双方领导定期互访、重点工作相互通报和重大事项协商沟通等融合发展的长效机制。同时,长庆油田加大了对地方经济建设和社会事业的扶持力度,庆阳市在得到一些实惠之后,也采取和推广"一站式服务"经验,下大力气为长庆油田营造和谐的环境。

"一站式服务",是华池县的创造,顾名思义,就是把给长庆油田办手续的几个部门集中在一个地方,提供一次性的优质服务,从根本上解决油田人办事难的问题。

"一站式服务"模式从诞生过"面向群众"县长李培福的华池县提出来一点也不令人惊奇,在距离华池县城80多公里的南梁纪念馆大量的历史文献中我们不难看出,从抗日战争到解放战争,华池县一直是一个支前模范县,在历史实践中积累了许多先进的生产管理经验。其中的重要因素,就是他们知道必须凡事面向群众。在华池县委县政府眼里,生存在华池县的石油人就是群众。所以,面对油田,他们不断调整和改变自己的姿态和做法。

令庆阳人至今难以释怀的是长庆油田机关搬往西安一事。1998年8月，长庆油田总部突然迁往西安的消息，震惊了庆阳乃至甘肃上上下下。太突然了，在谁也不知道的时候，长庆油田已经在西安开始办公。长庆油田突然离去，不仅让庆阳失去了一大笔税收，还让庆阳失去了一份颜面。此前，以及在这次采访中，我都了解到，长庆油田搬西安的事，庆阳从政府到老百姓谁也不知道消息，直到浩浩荡荡的长庆搬家队伍出现在庆阳县城街道上的时候，老百姓才知道长庆人要走了。

一些庆阳人至今想不通：一起生活了几十年，把庆阳地下的宝藏挖完了就要走了，怎么说走就走了，一声招呼不打就走了？

让庆阳老百姓稍稍感到慰藉的是，长庆只是搬走了局机关，庆阳还是长庆重要的生产基地。

说实话，作为一个从庆阳地方走出来的人，出于一种乡土观念，我也是不希望长庆机关搬走的，我为此还一直对一些长庆的朋友"耿耿于怀"呢。但是，经过这次采访，走遍了长庆油田所在的鄂尔多斯盆地，我觉得长庆油田机关搬到西安是一个非常正确的抉择，从未来发展上来看，"中国第一"长庆油田需要西安这么一个大城市。

一个漂泊的部落终于有了一块属于自己的城池。西安接纳了长庆，长庆拥抱了西安，这是一个两相情愿美满的企地联姻。

在西安城北，从凤城一路到凤城十二路，以长庆油田机关所在路段凤城四路为中心，周围居住着大约近10万长庆人。而西安在长庆人落户之后以"凤城"给石油城道路的命名，就是取意于长庆油田机关原来所在地甘肃省庆城县的别名"凤城"。不难看出，西安无疑赋予了长庆油田无限的期许。而且，也不难看出长庆人还是记着自己的第二故乡——故乡玉门之后的凤城故乡。在东西方文化中，凤凰都是幸福的使者。在中国大江南北，名叫凤城的地方很多，但庆阳凤城的城郭的确酷似一只栖落的凤凰，而且还有着一个古老而美丽的传说。

美好的生活都来自美好的愿望。如果有想象力，穿过西安十二条"凤凰之路"，能隐约感觉到一只无形的大凤凰正在重振雄风。

西安这座闹中取静的石油城，可能是几代长庆人最大的福祉和骄傲，他们为之奋斗的梦想难道不就是为了从荒山野岭最终走进富丽堂皇的城堡吗？长庆油田是一只富有传奇色彩的"火凤凰"，与古城西安很匹配。

看得出来，长庆人喜欢西安这座城市，做一个西安大城市人，似乎感觉特好，市井繁华，温润舒服，有文化氛围，子女有一个良好的教育环境；上班的职工，虽然远离生产区，但退休以后会有一个理想的养老地方。所以，西安的这些优越性，被长庆人看作最大的企业福利。

如今，长庆人已经作为市民融入古城西安的社会氛围之中，为一座历史文化名都蓄积着新鲜的石油能量。

在长庆机关搬到西安的第十五年，2012年7月12日，一条让西安人备感温暖和光彩的社会新闻突然爆出：7月8日15时，在西安西大街桥梓口十字，一位骑自行车的老人突然被一辆疾驶的车撞到后倒在血泊之中。此时此刻，炎炎赤日之下，一位正好路过的中年女士急忙边打电话边跑过去，蹲在老人身边动作娴熟地给老人止血，直到10分钟后救护车赶来才悄悄离开现场。因为救助及时，那位老人被送到医院后很快苏醒过来，最后安然无恙。那位女士在救助过程中被人拍了照发到了凤凰网上，大家都希望找到这位救人后悄然离去的"美丽姐"。一时间，"美丽姐"成了西安的名人，几天里街头巷尾人们都在议论她。几天后，这张照片传到了长庆油田一些职工的微信里，大家一看，惊喜地发现，那不是矿区事业部物业处员工王秀娟吗？是的，是的，就是我们的王秀娟，大家别提有多高兴了。

人们不知道的是，王秀娟之所以那样专业地救助那位老人，是因为她的父亲就是一个医生，而当时参与救助的还有王秀娟刚12岁的儿子孙浩然呢，王秀娟在边跑边打120的时候，儿子也在边跑边打110，儿子到现场之后还向她要钱去买来了止血的药品。

一件很平常的救死扶伤事件，之所以能引起如此大的关注是有原因的——那一段时间，社会上关于西安的社会新闻有一些负面的，西安人很没面子，很郁闷，突然绽放的"美丽姐"王秀娟和她的儿子美丽的行动显示了西安的正能量，让西安人很是自豪。那一次，王秀娟不但为西安人挽回了面子，还为长庆人争了一口气。

真是有眼不识泰山。其实王秀娟我是认识的，只是认识以后从来没有人说起她的美丽故事而已，直到在采写这篇稿子的过程中，朋友偶然说起她的事我才采访了她。

在长庆油田，王秀娟还是一个有名的歌手呢。参加工作以来，被长庆人叫作"百灵鸟"的王秀娟，穿着一身红工衣，走遍了鄂尔多斯盆地长庆油田的广大油区，进过人民大会堂，上过中央电视台，并出国演出，堪称长庆人的骄傲。我就是因为王秀娟美丽的歌声而认识王秀娟的。听了她的故事，我才听懂了她的歌声。王秀娟也写随笔，文笔清新明快，像她唱的那些歌。

市民王秀娟肯定进入了古城西安的记忆。王秀娟当然不是西安人认识的唯一的长庆人，但在西安人眼里王秀娟可能是那一年最靓丽的一个长庆人。西安人认识了王秀娟，自然就认识了更多的长庆人。王秀娟当时说，她热爱西安，更爱石油人。

献石油献青春献子孙的长庆人没有白献。几年来，长庆人一直在翘首期待一条扑面而来的幸福之路：从银川至西安横贯陕甘宁的银西高铁将于2020年年底全线开通。

到那时候，银川到西安只需3小时，沿途的长庆人从陇东和陕北回西安，或者从西安去陇东和陕北，从陕北和陇东回银川，或者从银川去陕北和陇东，最长的路程只需要在地上飞一个多小时。这样，在未来的日子里，那些"大候鸟"就躲开了许多的凄风苦雨，而那些"小候鸟"即使是去体验"大候鸟"的生活，也只是飞到油田的一个"后花园"转转那么容易。而且，自此以后，往返沿途窗外的麦田和油田也就真正成了装点他们生活的风景画。

庆阳人当然也很高兴，一群人走了很久，一条路又把他们给拉了回来。

第七章　油田保卫战

　　油田与麦田之间的战争，是中国古代石油预言家沈括没有预料到的。

　　当石油需要保卫的时候，石油的问题就已经很严重了。我的意思是，"中国第一"来之不易，代价沉重。

　　让我们从油田卫士常玉龙的战斗故事说起吧。需要申明的是，常玉龙经历的故事已经进入历史，而非我在这里杜撰。而且，长庆油田的保卫战，也不是常玉龙一个人与偷油贼之间的战争，常玉龙只是姬塬战场的一名战士。

　　常玉龙是我在采油五厂指挥部的院子里碰见的。那天黄昏，我们和副厂长张小虎等几个人正在边走边聊油田安全的事情，迎面走来一个黝黑而又壮实的便衣男。张小虎介绍，他叫常玉龙，是保安大队副队长，他的故事很多。于是，我就临时把常玉龙请到宾馆听他讲起了故事。

常玉龙是一名出色的石油卫士。他行伍出身，在12年的军旅生涯里，三次荣立三等功，多次被评为优秀士兵。转业到长庆油田后，已经干了13年保安工作。部队是一个磨炼人的地方，所以除了立功受表彰，部队也给予了他一身雷厉风行、疾恶如仇和敢作敢当的英雄正气。因此，当地偷油贼送给他一个外号——"常黑脸"。

"常黑脸"驻守的姬塬油田是一个富田，尤其是西掌塬区，是姬塬油田开发的重点区块。西掌塬处于白于山区腹地，山大沟深，道路曲折，交通十分闭塞。

有了偷油的，就有收油的，当然也就有了炼油的，一个黑色的产业链因为共同的利益而悄然形成。一个时期，炼油的多集中在陇东地区，家庭作坊由暗到明一度形成了规模化生产，后来因为某些原因就全部取缔了。至于收油，则是"江湖乱道"，遍及长庆油田，根据原油价格而四处游动。

在姬塬油田，西掌塬的油田被偷油贼"开发"之后，姬塬镇周边的甘肃环县、宁夏盐池和定边当地的油贩子便蜂拥而至，姬塬油田一时间成了偷油贼发油财的天堂。

常玉龙与偷油贼之间的"游击战"始于2006年6月15日。这天，他带着三名队员，乘一辆巡查车进驻西掌塬一个油井附近埋伏蹲守。天刚黑，就控制住不法村民一名，截住盗运原油三菱车一辆。初战告捷，士气大振，他们决定继续

143

作战。16日，白天熟悉地形，晚上严密布控，再次截住盗运原油的战旗车一辆。偷油贼弃车逃脱。17日，截住一辆三轮车之后，当晚继续布控，18日凌晨在途中又截住一辆黑色普桑。偷油贼弃油逃脱。19日21时许，再次截住一辆盗运原油的汽车，偷油贼再次弃车逃脱。就这样，连续战斗五天，连续五天强势出击，狠狠地打击了偷油贼的嚣张气焰。

油田突然恢复了平静。一个叫"常黑脸"的油田保安引起了一些人的兴趣，有人在找他，想与他交朋友；有人也在找他，悬赏三万元要他的一条胳膊。但是，任何威逼利诱都没有让"常黑脸"的脸变色。他黑着脸正告那些人：我是吃油田饭的，而且我是一个军人。

陕北每年9月中下旬天就开始冷了。到了10月，早晚温差更大，白天中午还是热热的，但到了晚上就突然降温，寒气袭人。

偷油贼没有底线，不但偷油，还偷采油设备，可以说啥值钱就偷啥。有一天下午，已经到了晚饭时间，常玉龙突然接到一个电话举报，说有人在盐池26号井拔油井外面的套管。他一听，心一下惊了，破坏油田设备比偷油性质还严重，十万火急呀！肚子已经有点饿的常玉龙顾不上吃饭，立即召集起8个人，分别开着两辆车直奔90多公里以外的现场。经过6个多小时的长途颠簸，晚上11点多终于到达。当时的现场，在通往井场的土路上聚集了二三十号人，叫喊声、谩骂声一片混杂。原来，当地一位老乡在阻止不法分子拔油井套管时被不法分子打伤，人多势众的老乡们就将不法分子挡住了，双方发生了激烈的口角。见此情景，常玉龙没有盲动，而是利用老乡们与不法分子混在一起的机会，一边打电话请求单位支援，一边冷静地查看了被破坏的油井。破坏十分严重，井口周围已经被挖出一个二十几米深的大坑，一截套管柱裸露在外面，很是让人心疼。常玉龙观察了一下不法分子的人数和位置。他发现，井场一辆白色车上有两个人，井口附近站着三个人，旁边的一辆车上还有两个人，加起来一共七个人，比他们少了一个。因为自己的人略占上风，加上二十几个老乡，常玉龙底气十足，一点也没有害怕。估摸支援部队快到了以后，他大喊一声，队员们带头一拥而上，与老乡们一起成功地将井场附近的三个人和车里的两个人一一塞进白色的车中。但就在这时，井场外面又突然冲进一辆黑色桑塔纳，企图解救被控制的几个同伙。不过，没有等车上的人下车，几个队员就把车团团围住，车上的四个人全部束手就擒。最后，常玉龙又发动老乡设置了路障，把所有的不法分子严严实实地围堵在井场，等待支援部队。时间一分一分地过去，不法分子虽然被完全控制，但现场的空气还是十分紧张。凌晨5点多，支援部队终于赶到，大家一同将十一名不法分子扭送到定边县公安局。

在他们又扣了一辆偷油的罐车之后，一个线人打来电话说:"收油点定边的那个合伙人派了七八个打手,每人拿着一把二尺长的砍刀要来找你算账,你快躲躲吧!"

常玉龙知道,这一天迟早要来的,能躲到哪里去呢。常玉龙没有躲,但他也没有大意,而是紧急集合全体队员,人手一件防卫工具,三人一组,各就各位,严阵以待。

真的来了。不大一会儿,一辆黑色别克商务车停在了驻地门口,车上下来七个手拿砍刀的人,领头的是一个满脸横肉的彪形大汉,还剃着贼亮的光头,样子挺吓人的。驻地院子的空气一下紧张了起来,好像气温也突然低了许多。

"常玉龙是哪个呀?"

"我就是。你是哪位?想干啥?"常玉龙立即铁黑着脸迎了上去。

"我嘛,叫东北。我们的老总让我来问问,你们谁把我们的油罐车扣了?"

常玉龙即刻硬气了起来:"车是我扣的,有事冲我说。想闹事,你看你们今天能出这个院子吗?我死了还是一个油田卫士,你死了就是一个小混混。"

一看遇上一个不怕死的,叫"东北"的光头马上软了下来:"常队不要生气,我们没有别的意思,只是想和你认识认识。"说完,就壮胆似的吆喝了一声同伙,灰溜溜地溜了。

长期习惯性的偷油,的确黑了一些人的心。偷了油田上的油,还要讹诈油田,心如果没有黑,是绝对做不出来的。

2014年3月9日，盐池县大水坑镇林洼子一个收油点的老板，驾车偷油后在林洼子通往大水坑的路上翻车死亡。但是，家属硬说是保安大队麻北中队巡查人员追赶造成翻车致死，纠结亲戚朋友和不明真相的老乡百余人，将死者抬到了定边县区域保安大队麻北中队长的床上，打砸一番之后，还强迫七名队员跪地给死者磕头烧纸。而且，定边县红柳沟派出所民警赶到后，家属不仅不听劝告还围攻民警。后来，定边县公安局出动了防暴大队将六名首要分子抓获才控制了事态。盐池县公安局和定边县公安局调取林洼子检查站摄像头发现，死者在收油点发现有巡查人员后，主动逃跑并由其家属驾驶一辆越野车堵截巡查车，巡查人员的车被死者家属堵住去路后就返回了驻地，根本没有追赶死者，而死者驾车半小时后在离检查站十公里处的山路上翻车死亡。死者家属之所以闹事，就是想讹诈油田一笔赔偿。

　　在油田保卫战中，不仅是常玉龙一个人视油如命。然而，常玉龙是一个幸运者，许多像他一样的战神，为了给祖国献石油，不仅仅献出了青春，最后还献出了年轻的生命。

　　采油五厂有个退伍军人汤建钰，一直把井场当作战场在坚守。一次，他赤手空拳对付一个穷凶极恶的歹徒，与其抱在一起滚下山坡，大有与之同归于尽的阵势。结果，油保住了，汤建钰摔成重伤。

　　长庆陕北油田麻北井区长苏建宁也是一个油田的守护

神。2011年2月23日晚，苏建宁接到举报：37－100井场有人偷油。于是，苏建宁没顾上吃饭就往现场赶。刚走到井场外面的土路上，他看见偷油贼的油罐车迎面开来，遂大喝一声，上前用身体堵住了油罐车的去路。偷油贼叫他让开，他就是不让，于是偷油贼就发动车将他推着走，一米，两米，三米……身体瘦弱的苏建宁被推行100米后突然倒在了地上，穷凶极恶的偷油贼不但没有停车，还残忍地从苏建宁的身上碾了过去，致使苏建宁当场死亡。

这一年，英雄苏建宁只有33岁。

还有几位这样的英雄呢，他们叫陈小军、代超、颉江……

"活着找油，死了生烃"就是这么回事，只不过这些英雄提前回归了石油。

常玉龙一直想着自己身边的一个战友：保安大队配属司机李源。2012年6月26日，在一次夜间巡查过程中，李源突然遭遇一伙偷油贼，在势单力薄的情况下，他被围殴之后坠入深沟，导致脑干出血不治而亡。所谓配属司机，其实就是临时雇用的司机，在油田上有很多。

又是一个坠入深沟，长庆油田究竟有多少死亡的深沟呢？英雄总是不会活在一个人的心目中。已经很久了，我一直记着罗玉娥这个名字。这次采访，我不能不去看看她的墓碑。

人不是野的，青春不是野的，石油不是野的，一根油管更不是野的。采油八厂副厂长王永华给我讲他亲历的罗玉娥遇害的过程时，我的头皮都发凉了。那时候，王永华还在陇东，当时他就是采油二厂保卫科科长，从头到尾经手了罗玉娥的案子。

不过，我还是想用我的方式讲述罗玉娥的故事——

那天，所有的长庆人都过了很普通的一天，大家都要熄灯休息了，而普通的巡井工罗玉娥也像往常一样去巡井，她要再看一看黑夜里还有没有什么东西。于是，在一条崎岖的山路上，她忽然看见，三个坏人在偷油管，一根油管已经被截了下来。见三个坏人要把油管扛走，罗玉娥就追了上去，坚决不允许，于是就开始抢，三个坏人抢的是石油人的油管，罗玉娥护的也是石油人的油管，不论三个坏人怎么说，罗玉娥就是不松手，十根指甲可能抠进了三个坏人的肉里，也没有松手。

为了一根油管，三个坏人居然抢不过一个女人，于是三个坏人就要了她的命，不但要了她的命，还把已经没有命的她扔下旁边的一个深沟……

三个坏人，让她的爱人失去了她，让她的孩子失去了她，让她的父亲失去了她，让她的母亲失去了她，让长庆人失去了她，让所有的人失去了她——让罗玉娥失去了罗玉娥。

那一天，是1997年12月23日，罗玉娥用十根指甲在罗徒勒死的空气里抠下了这个不朽的年月日；这一天罗玉娥当然也在时间里抠下了三个遗臭万年的名字，这里我不屑把它们再一一写出来，我希望它们在地下该腐烂的地方永久腐烂，不要再回到人间。

罗玉娥的死叫牺牲，罗玉娥的生也叫牺牲。其实，罗玉娥还驻守在她的井站上，那个"留芳亭"里站着的就是她，她永远把自己留在了大山里。

像罗玉娥这样不怕死的女职工还有不少，她们都还为石油为自己而幸运地活着。

我非常高兴讲下面这个英雄的故事。2004年1月的一个大雪天，采油三厂南一增压站的两名女职工遇上了偷油贼。那天，也是一个黑夜，但大雪让天地白得锃亮。三个偷油贼像狼一样扑向油井，匆忙放出七袋原油后正准备逃离。两个女工发现后，立即冲出值班室大喊一声："都给我站住，把油放下！"偷油贼一看是两个女人，哪里放在眼里，嚣张地说："我们一袋也不会少拿，你们两个碎女子，能把老子怎么样？"两个女工也不示弱，其中一个回敬道："那你们看着，如果今天你们非要拿走，就看谁会躺在这里！"偷油贼一看两个女人的壳子比自己还硬，立马也硬了起来，气急败坏地用铁锨戳开袋子，将原油往她们身上泼洒。她们两个被激怒了，齐声喊了一句"拼了吧"，就不顾一切地冲上去和几个偷油贼厮打在一起，刺啦一声，她们其中的一个衣服被撕破，两个人被推倒在油袋子上。挣扎着爬起来后，她们继续与偷油贼厮打。一看碰上两个不要命的女人，三个偷油贼就有点胆怯了，丢下油袋子骂着就跑。看着偷油贼跑远，她们两个把油袋子一个一个抬回站上，几十米的路，两个人一步三滑的，不知摔倒了多少次，原油也糊了一身，沾在皮肤上像冰块一样。回到值班室，两个人的手脚都冻麻木了。彼此看着对方狼狈不堪的样子，忍不住大哭了起来。

这两个巾帼英雄，一个叫邹先美，一个叫孟宁丽，而邹先美就是那个喊话的女工。

"难道你们当时不害怕吗？"我问。

邹先美回忆说："站上经常有贼去，也就习惯了，第一次见到贼时有点胆怯，但没有办法，我们要是害怕，贼的胆子就会更大。那会儿，我是站长，即使害怕也不能表现出来，第一次大声呵斥了后，贼居然跑了，我们就发现，只要你表现得不害怕，做贼的都会心虚，就会害怕我们。那一年，我只有22岁。"

听了邹先美的故事，我百感交集，心中很不是滋味。在我看来，死了的和活着的都很伟大，因为前者的歹徒很歹毒，后者的歹徒太胆小，而石油女工的胆量都是一样的。在一个英雄部落里，从不以生死论英雄。

一些人一夜暴富的痴想已经梦断长庆油田。采访中我们听到，近十年来，油田内外安全环境得到了很大改善，虽然也时有一些偷油案件发生，但以前那种有组织的"野火之势"已经得到了根本遏制，而这得益于庆阳公安部门着眼于油田内外环境长治久安的综合治理。

在长庆油田，侦破过罗玉娥、陈小军等被害案的庆阳市公安局长庆分局有着一支钢铁卫士，他们铁骨铮铮，不辱使命。2014年上半年，环江油田连续发生6起蒙面、暴力盗窃和抢劫原油案件，涉案价值20多万元，在油田引起极大的恐慌和关注。长庆分局迅速立案，专案重点督办，20多天就破获了6起案件，抓获了以王某为首的三名主犯。

刑警三中队高开奇是一个钢铁战士。2014年4月17日晚，一个犯罪嫌疑人在被高开奇等人堵截之后强行冲卡，高开奇毫不犹豫爬进驾驶室控制方向盘欲迫使其停车，但丧心病狂的犯罪嫌疑人不但不停车，又加大油门再次倒车，导致高开奇头部多次受到旁边的护栏、石墩的连续撞击……

这一幕，只有在警匪片里才能看见。庆幸的是，犯罪嫌疑人最后束手就擒，而高开奇没有生命危险。

面对越来越隐蔽的盗油贼，依靠现代侦破手段的公安民警发挥着越来越大的作用。2014年10月底，一个线人向驻守西峰油区的刑警一中队举报：彭原乡村民柳某家车库停放着一辆藏有暗罐的面包车。所谓暗罐，就是隐藏在车中或大罐中的小油箱，不留意很难发现。这可是一个重要线索，民警决定立即抓捕这个潜伏起来的石油大盗。但是，车在柳某家停放，并不等于柳某就是偷油贼。为了找到真正的犯罪嫌疑人并拿到充足证据，民警通过话单、人口、卡口等大量的信息资源寻找蛛丝马迹。经过综合分析，民警确定嫌疑人的确不是柳某，而是另有其人，还是一个5人的团伙呢。确定了嫌疑人的同时，他们还确定了嫌疑人的作案时间、地点和活动范围。目标明确之后，他们又通过"微信追逃法""QQ追逃法"准确地掌握了5个嫌疑人近期的活动轨迹。根据掌握到的这些情况，民警决定"守株待兔"。经过严密布控，11月1日这一天，民警大获全胜，5个嫌疑人在西峰先后落网。至此，一个长期危害西峰油田的犯罪团伙被一网打尽。

雷霆般的扫黑除恶专项斗争开始以后，油田的治安环境好了许多，职工们有了从来没有的安全感。但是，因为利益驱使，铤而走险的不法分子仍然存在。

保卫油田，油田卫士不是枕戈待旦就是昼夜枕戈。

第八章　另一种石油

石油文学是长庆油田的另外一种石油——精神能源。

长庆油田的作家是50年长庆石油人心灵史的忠诚书写者。长庆文学是中国石油文学的一块福田，长庆油田为之付出了辛勤的耕耘。

其实，我是在认识长庆文学之后才开始认识长庆油田的。长庆石油文学也来自长庆的"磨刀石精神"。一批石油作家，就像一个个井架，矗立在油田上，通过心灵的压裂给我们提供一种精神能源。石油有一天可能会被采完，但石油文学不会；石油有一天会被消耗尽，但石油文学永存。有一天，石油文学会代表石油，在大地上汇流成河。

大约在2008年6月，应长庆油田文联之邀，我在西安长庆基地为油田基层的作家做过一次文学讲座。会后，我将讲座的课题做了整理,以《长庆文学的文化身份与精神重建》为题发在《长庆石油报》上。在这篇文章中,我对长庆石油文学谈了这样一种认识:自从长庆油田机关搬入西安,长庆的作家也和大批的职工一样离开甘肃庆阳成为西安市民,长庆文学就到了一个"前不着村后不挨寨"的处境。往前看,长庆文学无法融入陕西,古城西安可以接收长庆作家为市民,但庞然大物一样的陕西文学不会接收长庆文学,所以"前不着村";往后看,本来属于甘肃文学的一块高地,随着一批实力作家的离去,长庆文学无疑将被从前的文化体制所割舍,永远失去一个地域区划的文化符号。因此,在这样的一个失却故土而又得不到归属的处境之下,长庆文学的文化身份就不明确了。于是,我提出了一个长庆文学文化身份与精神重建的问题。我的想法是,长庆文学应该是长庆精神的一部分,长庆文学文化身份和精神重建问题,关乎长庆油田的企业形象塑造和软实力建设。

真的是这样吗?真的需要这样吗?不是自圆其说,反刍自己11年前的观点,今天我有了新的认识。

作家的确需要自己的根基,而自己的根基必须深扎于一块土地。一批从陇东走出来的长庆作家,如果没有陇东油田和麦田的滋养,就没有他们的文学人生和文学成就。所以,"石油作家"像胎记一样标明了他们的文学身份。

不过,决定一个优秀作家身份的不是地域,而是胸襟和眼界，是文学格局的大小。

文学无疆。陆机说："精骛八极，心游万仞。"我理解，一个作家如果达到这种境界，他的文学创作就不会受任何疆域或体制限制。文学就是文学，不存在什么石油文学；作家就是作家，也不存在什么石油作家。石油文学与石油作家的文化身份就是文学和作家，没有其他。

后来的事实是，一次大迁移，不但没有让长庆的作家失去身份，反而让他们拥有了一个更大的根据地。今天的长庆作家，虽然走出了甘肃，到了陕西，但他们并没有囿于甘肃文学和陕西文学的局限，长庆油田辽阔的鄂尔多斯盆地意外地打开了他们的文学视野和胸襟，尽管他们的身份还是石油作家，但他们的文学已经不仅仅属于石油，而是进入了一个更为深广的疆域——石油的和文学的。

在当代中国石油的文学领域，自中国石油工业创建以来，一直活跃着一批石油作家，其中最著名的当数几位已故的耕耘者，如李季、闻捷、郭小川、魏巍、胡笳、李若冰、李小雨。其中李季的《玉门诗抄》和李若冰的《柴达木盆地》曾经产生过广泛的影响，被文学史家视为源头性作品。除此而外，陈忠实、贾平凹等作家对长庆油田的书写，也为长庆文学留下了宝贵的精神财富。其中，贾平凹的《蒿子梅》还被译成法文，并在法国获奖。

长庆油田在崛起，长庆文学也在崛起。50年的长庆文学也是星光灿烂。25年前，在长庆油田耕耘的作家有樊廉欣、路小路、张敬群、王世伟、蒋玉明等老将。一次大迁移，实现了第二代石油作家的集体突围，由第广龙、杨冰泉、程莫深、和军校、张怀帆、李建学和高金刚等实力作家支撑的长庆文学团队，不但跻身当代中国石油文学方阵前列，其中一些人还无可置疑地在当代中国文学版图上占有一席之地。在甘肃，第广龙与和军校分别是享誉文坛的"甘肃诗歌八骏"和"甘肃小说八骏"中的诗人或作家，第广龙、杨冰泉、程莫深、和军校和李建学还是甘肃省文学院荣誉作家。

在50年的长庆文学石油河里，长庆作家的重要贡献是，他们把文学注入了石油，同时也把石油带给了文学，他们不仅为长庆油田积累了精神财富，还为时代输送着精神能量。

石油文学，文学石油，既是文学，又是石油，二者就像一个事物的背面和正面，犹如一面镜子，让我们更加清晰地看见了一个长庆的石油世界。因为经历了作家心灵的折射，文学让一个油田变得更为灵动，通过石油文学看文学石油，长庆油田的镜像显得更为真实鲜活。

下面，就让我们从当下的石油文学认识石油作家，再从当下的石油作家走近石油人。

以诗歌和散文并举而立足于文坛的多面手第广龙，无疑是当下长庆作家中的领军人物。第广龙很早的时候就在用诗歌向前辈诗人李季先生致敬。其组诗《感情的石油》里有一首题为《死的时候戴着铝盔的诗人》,对石油诗歌的拓荒者李季寄托了无限的深情。这首诗应该是与李季的《最高的奖赏》一诗的应和。节选其中一部分:

凡有石油处
都有玉门人
玉门的石油大哥都戴铝盔
唯那个方脸的汉子是诗人
看上去却像个老钳工

一口口油井
一遍遍叫着,不停地叫着
叫着你的名字
山山岭岭上
当四月走过了的时候
你留下了脚窝窝
便湿了
便盛满了艳艳的石油花
…………

你已经死了好多年了
死的时候

带走了一顶铝盔

一顶铝盔就是一座祁连山

还被你敲打着

一声一声

都是你血的音响

一共四首的组诗《感情的石油》是第广龙早期的代表作，而且是其参加《诗刊》第九届"青春诗会"的作品，刊于1991年第12期《诗刊》。"青春诗会"被誉为中国诗坛的"黄埔军校"，参加与否对于诗人十分重要。当时，第广龙是长庆石油第一位出席"青春诗会"的诗人，由此较早地奠定了自己在中国诗坛的地位。第广龙是一个高产作家，堪称文学石油的富矿。

第广龙有一首近作《刻在土崖上的诗行》，我们不妨去看看他在土崖上刻下了什么"歪诗"。全诗如下：

一个个井场被土塬环抱

搬完铁疙瘩

拿起管钳拿起扳手

我在土崖上

刻下一些简单的句子

那是我最初的诗歌练习

亲人很远

过年了我刻下"想家"

骂队长的话太毒了

刻下又毁掉

"刮啦鸡飞近了又飞远了"

这种土色大鸟身形笨拙

转眼就翻过了大山

借着探照灯的光

我刻下"杏花睡下了吗"

我只梦见她一次

在野外队外面找狗

叫我坏蛋

我又刻下"我是坏蛋"

我刻过"星星陪伴我"

刻过"大山你好"

记得清楚的还有一句

刻在一场大雪之后

"再不送饭来，我就不想活了"

这不是第广龙最有名的诗歌，却是第广龙最青春的一首诗。20世纪80年代初，第广龙从长庆石油技校毕业之后就到了采油前线。诗歌里，在一个土崖上胡乱刻画的人就是年轻的采油工第广龙。井场上是寂寞无聊的,诗人在一个土崖上刻着自己的现实和梦想,诗歌通过诸多细节,刻下了环境、时光、亲人、爱情和饥饿。尤其是最后关于饥饿的一句,令人撕心裂肺,不由得让人看见这样一个画面:一场大雪封住了大山外面的道路,暮色苍茫,送返的车迟迟不能到达,一个饥肠辘辘的采油人,绝望地朝着远方喊了一声:"再不送饭来,我就不想活了!"此刻,他已经忘了亲人、爱人,只剩下一个生存的本能——填饱肚子。此诗读来,让人身临其境,潸然泪下。采油前线的生活就是这样的,诗歌不仅让我们看见了一个青涩的石油工,还让我们目睹了一个青涩的诗人。

《刻在土崖上的诗行》是一首像石油一样真实的诗歌。

后来,第广龙的散文创作影响力似乎一度超过了诗歌。其代表作《三界地》影响最大。这篇佳作写的就是处于陕甘宁之间的红井子镇。《三界地》虽然是一片风土人情散文,却是一篇昔日红井子石油大会战很好的文学注释。

文学是人学。近几年来,第广龙的石油人物系列散文成了文坛一道别致的风景。评论家李敬泽这样评价第广龙的这些散文:"这是一种谨慎的、忠诚的书写。是一种保存着人的体温、人的生动形象的书写。"文如其人,这句话也适合第广龙。

听说第广龙每天晚上9点准时睡觉,然后早上4点起床去暴走的事情之后，我很是惊讶，一直不敢相信，直到有一次在西安跟着他去喝酒，他说酒店不远要和我走着去，于是他带着我走了一条大街又走了一条大街，走得我都不想喝他的酒了才走到酒店，对于他的传闻我才笃信不疑。于是，2017年我给他写过一首《暴走者——致诗友第广龙》：

你原来是很厉害的呀
天天暴走　诗人在城市的丛林里暴走
居然把诗也越走越漫长了

一路向西　西兰公路是一条路
也是暴走者的一首长诗
两行一公里

你是在用诗歌的长度丈量生命呢
还是在用生命兑换诗句
一步一行

本来天没亮就走到天边了
天亮后又原路返回　因为与地球垂直
出发时头朝下归来时头朝上

独自走着前世的路还走着来世的路
只为把一粒如豆的萤火
在今世点亮

暴走者是暴走者的影子
在路上　一个提着一脑袋思想的鬼魂
前世的路都没有尽头

毕竟朋友一辈子了
广龙兄　最后我想悄悄问你一句
难道世上没有人疼你吗

第广龙当然有人疼，他的妻子和女儿都在油田，而他的女儿第艺也在学着写作呢。现在，我每天关注第广龙最多的就是手机"微信运动"里他每天走的步数，他总是遥遥领先占领封面，每天都是两万多步。一开始，因为不想鼓励他疯狂，我不给他点赞，但后来我又偶尔开始点了。我想，由他去吧。

杨冰泉是一个有故事的人，也是一个会讲故事的人。而讲故事是一个优秀小说家的基本能力。从长篇小说一直到微型小说，他都以讲故事塑造人物形象而取胜，语言诙谐幽默，情节曲折生动，总是能够引人入胜。不过，其小说里的油田故事来历十分可疑，不知是来自生活，还是他的杜撰。但是，编得却是那么真，真的却又写得那么奇巧，好像不会有那种事，让人在实与虚之间回味不已。

我的手头正好有杨冰泉的小说集《我想有个家》，限于篇幅，这里仅以其中的微型小说为例。

杨冰泉微型小说《劳模》讲了一个职工，连续4年不回家坚守工作岗位，连续4年被单位评为劳模，而他连续4年不回家的原因，除了离家远之外，还因为他在井区附近的村子里有一个相好。年终，他又被评为劳模，不但发了1000元奖金，单位还给他把老婆的城市户口解决了，叫他把老婆接到井上来一起看井。他很感动，也很幸福，觉得这劳模都是那个相好的给他的。所以，他决定最后和相好的再好一次，把1000元奖金给她，然后回家给老婆办理户口手续。这样，回家的前一天晚上，他摆好劳模镜框，又费劲地把相好的偷偷约了出来。一番云雨之后，说了自己回家的打算，他从枕头下面取出了那1000元。没有想到，当他把钱塞进人家怀里后，相好的却给他扔了过来，还朝他的脸上吐了一口唾沫，然后摔门而去。一开始，他以为相好的是嫌钱少，最后才反应过来，自己侮辱了人家，人家不图钱，4年里的确没有要过他一分钱。他懊悔不已，一拳将劳模的镜框打得碎了一地。

劳模和相好的最后是个啥结局，作者只字未提，读者自己想去吧。

杨冰泉的中篇小说《悄无声息的生活》故事也十分精彩，这里只透露个大概吧：20世纪90年代初，一个叫夏菲的年轻女孩到了陇东石油前线，因为长得漂亮，一时成了井区一群男职工眼中的女神。很长时间，大家明争暗斗，围绕着夏菲发生了不少争风吃醋的故事。但是，夏菲突然怀孕了，在不知孩子的父亲是谁而做了人流以后，夏菲依然获得了海誓山盟的爱情。但是，正当要入洞房的时候，夏菲却闪电般地逃婚而去，嫁给了一个以偷油起家的当地村民，开始了一种悄无声息的生活……

欲知后事，去读《悄无声息的生活》吧。

有人开玩笑说，杨冰泉的石油故事，一半是听来的，一半是自己亲历的。这我不相信。我只相信一个"厨师与拖鞋"的故事。杨冰泉在成为一个作家之前是一个厨师。说的是一次给职工在大锅里煮面条，因为锅台特大，需要搅动面条的时候够不着，杨冰泉就要站在锅台上面去用一把铁锨搅动。一次，杨冰泉搅着搅着，脚下的拖鞋突然掉进了锅里，但杨冰泉没有看见拖鞋掉进了锅里，还以为掉到了地上，找了一会儿没有找到，他居然不再找了。结果，到了吃饭的时候……

也不说了，结局可想而知。反正，老实厚道的杨冰泉一直是大家戏说的对象。

再说另外一个作家。20世纪90年代中期，一篇署名莫深的中篇小说《雨季》在《青年作家》发表后引起文坛的极大关注，《青年作家》为此开辟专栏进行了半年的讨论。当时，我在《陇东报》编文化副刊，知道了莫深就是长庆油田作家程莫深之后，我就通过油田朋友联系上程莫深，让他写了一个创作谈，与《雨季》的故事梗概在《陇东报》上以一个专版推出。《雨季》写的是这样的一个青春石油雨季：一对夫妻共同守护着一个叫野狐沟的井场。夫妻俩一边尽职尽责守护着油井，一边刻苦自学试图通过自己的努力摆脱命运的安排，以期有一天走出深沟大山。但是，正当男的已经考上东北一所石油大学的时候，女的却死于一场突如其来的山洪。刨出爱人的尸体，男的泣不成声，绝望地撕碎了录取通知书，将爱人埋在了油井附近，放弃了上大学的机会，留在大山里陪伴爱人。《雨季》之所以成功并引起关注，一方面是因为作者青春鲜活接地气的语言，另一方面就是因为一个青春的故事，作者通过一些简单的情节，挖出了一个深刻的生命话题——青春的代价。评论家袁基亮说："作品显现出一种沉甸甸的真实感，充满了浓郁黏稠的生活气息。"

在油田作家群中，程莫深是一个接触西方文学比较多的作家，所以他的小说总是有一些象征主义的东西。《雨季》从书名到故事里的"红色羊绒大衣"，以及人物内心世界的描写，都具有象征文学特质。

那个时候，许多人通过《雨季》以及关于它的讨论看见了石油人。

程莫深后来进军网络文学。长篇悬疑小说《夜迷离》是其代表作。我曾经为其写过一篇题为《穿过混沌诡异的夜色世界》的推荐文章。我认为，《夜迷离》是一部非常好看的小说。故事是这样的：记者邓川所在的一家报社，策划了一个旨在配合上级部门宣传的"圆梦行动"，但因为受经济利益的诱惑和驱动，这个意在反映社会正能量的新闻公益活动，最后变成了一场充满物欲、权欲和肉欲且波及阴阳两界的血腥拼杀。作者不愧是一个讲故事的高手，心思缜密，机智善变，抓住一个神秘的数字9不松手，以一本可能不存在的《魔鬼预言》为佐证，对一连串神秘而诡异的死亡事件进行了绘声绘色的讲述。作家李国文称其："视觉独特，内涵丰富，批判锋芒把握适度，艺术感觉也相当准确。"

《夜迷离》是程莫深的一次跨界写作。从关注对象上，他从残酷的现实跨越到了迷离的虚幻世界；从写作手法上，他从一个现实主义者，变成了一个魔幻现实主义者。

长庆作家的创作灵感都是油田的馈赠。2009年7月，李建学在从陇东到陕北的一次野外作业中，发现了一种别名叫"一丈红"的花儿从陇东一路开到陕北，即使是经过了风吹雨打，即使是被车轮轧过，这种叫"一丈红"的野花也总是挺胸昂首地微笑着。这种很有灵性的花朵，给敏感的作家会意了这样一个认识：它们多么像生活在黄土高原上的石油人的爱情、婚姻和家庭。李建学看见的"一丈红"的微笑，其实是自己的微笑在花朵脸上的条件反射——他由"一丈红"联想到了石油人的生活。于是，回家以后他就写了一个精彩的短篇，通过一对看井夫妻的生活，反映石油一线职工的坚守和担当，小说的名字就是《满地一丈红》。评论家赵均海说："短篇小说《满地一丈红》是一篇较为成功的小说。'一丈红'是一个象征，作者围绕'一丈红'叙述了一对夫妻温婉优雅的爱情感受，其心理刻画细腻，语言简洁平实又具有辐射力。作者将一个褐黄色山峁里的采油井区，渲染得富有了生命力，也将单调乏味的油区生活赋予了意趣，实属难能可贵。"

和油田的其他作家一样，李建学的文学探险也是一条脚踏实地的现实主义之路。

在采油一厂，我遇见了曾经参加过《诗刊》"青春诗会"的诗人张怀帆。在长庆油田，他是继第广龙之后第二个参加"青春诗会"的诗人，后无来者。张怀帆是一个大于石油、深于石油和静于石油的书写者。他写油田的作品几乎没有，但他写油田以外的作品却不少。在他送我的一本旧诗集《肤施小镇》之中，我看到的都是小镇上的鞋匠、卖肉夹馍的大叔、送水的女人、足浴店的女技师、卖风车的人、运粪的人、磨剪子的人、扫垃圾的老人……笔下几乎把小镇上的人物写遍了，就是没有一个石油人。难道命系于油田的诗人不关心油田而心有旁骛吗？不是的，张怀帆是没有直接写油田，但他在写油田人赖以生活的一个小镇，他写的是一个"大油田"，写的是油田人的本来。试问，油田上哪个人与诗人所关注的小镇没有关系？诗人认识到，油田的环境也是油田，甚至比油田还重要。这里我们应该看看诗人眼中的《农民》：

一片庄稼
我看见田地里
雕塑一样的背脊
一首小儿背唱的古诗
让我心疼得掉泪

问小儿
粮食从哪里来？答曰
汽车拉来

今天，还有谁愿意和一片庄稼
交流心情
谁还会对着一个农民泪流满面
此刻，我跪在一片

> 收割过的田野上
> 充满田野一样空阔的凄凉

诗人眼中的这个"农民",其实就是诗人自己,因为诗人是一个农民的儿子。农民的儿子骨子里还是一个农民。诗人身在油田,而心在麦田。

张怀帆是一个有大格局的诗人,他不以"石油诗人"自居,甚至拒绝承认自己是一个"石油诗人",但他执着地进行着一个诗人分内的写作。

我相信张怀帆的悲悯情怀来自"先忧后乐"的传统文化,而且不是为作诗而装出来的,是骨子里血脉里固有的。

小镇不小。张怀帆所迷恋的石油小镇其实是一个文学意蕴深厚的生活小镇。在当代诗坛,不需要"标签"的诗人都是有定力的诗人。其实,小镇就是张怀帆的标签,他是一个小镇诗人。

幸福是长庆文学的主旋律。以长篇小说立于油田的高金刚一直沉潜于生活深处探究着石油人的命运,而石油人的幸福是他最后拾起的主题。近10年来,埋头苦干的高金刚继《山丹丹花开》之后,推出了长庆人的奋斗史《战争中走来的石油人》,然后奏出了《幸福有味儿》《幸福去哪儿了》和《幸福无形》"幸福三部曲",欲将石油人的幸福进行到底。

但是,幸福对于长庆人一直是沉重的话题。与高金刚不同的是，和军校以一部40余万字的《开始幸福》戛然结束了自己的幸福，一病不起。

和军校虽然躺着不动了，但他的文学还在活蹦乱跳。根据他的长篇小说《开始幸福》改编的三集同名广播剧已经在中央人民广播电台播出，35集电视连续剧也即将开机。

在"磨刀石"上采集文学石油的人还有不少呢。

让我高兴的是，在采油八厂我意外见到了微名叫"沧浪之水"的网络石油诗人王小斐。那天，他在微信朋友圈里看见我到了定边，而他正好休假结束要回作业区上班，非要利用路过定边县城的机会来宾馆看我。

其实，我也很想见一见这位一身正能量的微友呢。2018年的7、8月间，在我对一个女孩跳楼事件直面现实的悲愤写作中，王小斐曾经多次在"黑水军"围剿我的时候勇敢地站出来发声。那次写作，对于我来说是一次战斗，所以我对那些素未谋面却阳光温暖的微友充满感激之情。虽然是一个普通的采油工，却体现出石油人的正派。

在朋友圈很是活跃的王小斐，见了面却没有说多少话。快到吃饭时，我留他一起吃饭，他却执意要走，说是另一个职工还等着他换班休假呢。王小斐的井区在定边50多公里之外的王盘山，他又要去当他的山大王了。

写下王小斐这段文字时，正好在微信朋友圈看到他的一组《塞上采油工》，节选其中一首的三节，以飨读者：

…………

叹叹叹

钢筋铁骨抽油机

只晓得打躬作揖

叩头虫一般

看看看

输油管一言不发

逢山开路

遇水架桥

悄无声息倒把大事办

不分男女老少

一身红

如蚁如蜂

沟岔岔

硷畔畔

…………

这是一个石油工人的诗歌现场之作。在王小斐的心中，他们的采油人就是这样的，像一个抽油机，像一根输油管，豪迈而卑微，卑微而豪迈。这组《塞上采油工》，直抒胸臆，晓畅铿锵，简约而朴素，如一个采油工在深沟大山里的感叹。读王小斐的诗，感觉他好像是在跟着李季写诗呢。

在手头一本长庆文学的作品选中，我看到了许多认识和不认识的作家：柴君旺、徐向阳、南洁、朱亚年、杨平、刘永林、李鸿明、李明义、冯越、程思、于珺、赵利锋、苏和平、王西革、张璇、马腾飞、王永辉、王春平、何喜东、杨玉红、贾丽娟、董婷、王友华、龚邬群、马驰宇，等等。当然还有"美丽姐"王秀娟和"小铁人"王琼。

他们也在战石油，执着于另一种石油能源的开采，和其他已经成名的石油作家一样，他们文学的处女地都在油田。

其实，长庆油田的最高海拔一直在长庆人的精神世界里，就像中国石油文学最高奖"中华铁人文学奖"的境界一样。

长庆文学可能是长庆成为"中国第一"的一个加油站。

不是尾声的尾声

已成国之重器的长庆油田似乎让我的报告无法收尾了。

在长庆油田第二次创业的开局之年,2019年国庆前夕中国石油为国庆添彩:中国石油在北京召开油气勘探成果新闻发布会,公布了两项非常规油气领域的重大勘探成果,其中第一项就是长庆油田发现了10亿吨级的庆城大油田。新闻进一步说,长庆油田2019年在鄂尔多斯大盆地"长7生"油层内获得重大发现,新增探明地质储量3.58亿吨,预测地质储量6.93亿吨,两项储量加起来10亿多吨。与此同时,隶属于中国石油的中国石油测井公司生产测井中心在西安挂牌成立,继续助推长庆油田崛起。

人们可能不知道,长庆油田这是在没发现石油的地方又找到了石油,在没有奇迹的地方又创造了奇迹。庆城油田的发现，意味着长庆油田夯实了2025年生产油气当量达到6300万吨并稳产20年以上目标的储量基础，从而给国家"两个一百年"奋斗目标做好了充分的战略能源储备。看来，长庆人"为祖国加油，为民族争气"的确是一句实实在在的豪言壮语。

其实，这不仅仅是长庆油田在为祖国和民族加油和争气，也是庆阳这块古老而光荣的黄土地在为祖国加油和争气。再重复一句，即将开发的庆城油田所在地庆城县，就是长庆油田机关原来的所在地凤城庆阳，而在历史的长河中庆阳是一个有传说的地方。

临近年底，捷报频传。中国石油网称，截至12月10日日，长庆油田打破"多井少产"的瓶颈，全年已经获得58口日产无阻流量百万立方米以上的天然气高产井，而这是长庆油田开发天然气30年来取得的最好成绩。

几乎是同时，长庆官微"长庆油田"又爆出一条喜讯：日前在北京举行的中国石油2019年度油气勘探年会上，长庆油田获得了三项大奖——"鄂尔多斯盆地庆城长7生油层系内石油勘探"获油气勘探重大发现特等奖，"鄂尔多斯盆地青石峁地区天然气勘探"和"鄂尔多斯盆地环江地区石油勘探"获重要成果一等奖。

12月23日，《中国石油报》又报出一条消息：截至12月21日，长庆油田今年累计生产天然气突破400亿立方米大关，继2013年突破300亿立方米之后，实现又一次历史性跨越。

几天后，长庆油田官微又发布一条喜讯，在第四届国际创新创业博览会上，长庆油田斩获30个奖项……

盛世华诞，吉庆有余。2020年，"中国第一"长庆油田将迎来自己50年志禧。身卧福地，长庆石油人曾经绽放、正在绽放并将永远绽放的青春，将汇聚成一个地火部落，又将在黄土高原上点燃一盏盏擎天的石油火炬了。

一路奔腾，广大的私家车主，不要忘了驰骋千里的"加油人"；华灯初上，广大的煤气炉用户，可要记着万家灯火的"点灯人"。

我终于弄明白一个奥秘：石油人为什么把中国石油的标志称作"宝石花"——它不仅仅是一个虚构的符号，一个个石油人和一块块"磨刀石"碰撞之后绽放的青春，就是宝石之花，而且是一块红宝石之花。

"中国第一"有广度必然也是有高度的。在这篇报告收笔之际，我在长庆"封面生活"微信公众号获得一条消息：尼泊尔时间9月28日凌晨4点07分，一个在16年前换了肝脏的长庆油田登山者，在征服了海拔8163米世界第八高峰之后，宣布2020年将挑战珠峰。这位登山者，因为本人不愿给媒体透露姓名，我们只能叫他长庆人，如果攀登珠峰成功，他将是抵达珠峰的中国石油第一人，而这个无名勇士已经达到和将要达到的高度就是长庆人的新海拔。

由此,一种对石油人的敬意,再次在我的心中油然而生;那一块口香糖似的"黑胶胶糖"虽已成为一段童年的记忆,但一个气体打火机却仍然在一个老烟鬼的手里兴奋地吧嗒着——

仔细回想起来,我吸烟用过的气体打火机都是长庆油田的味道。

2019年9月18日至10月11日凌晨于西安初稿
10月20日兰州二稿
12月20日西安定稿